KLIM

動紓壓 不憂
座談

創造

for

疫情指揮中
nics Command Cen
World Hea

視野

葉金川

目錄

輯一　插曲

Episode

輯二　行動

Action

輯三 邂逅

Encounter

輯四 追尋

Dream

出版序

真情的勇者

謝孟雄（董氏基金會董事長、實踐大學董事長）

二〇〇三年四月二十七日，電視螢幕前，各家新聞媒體現場直播著和平醫院封鎖線前的最新畫面和消息，一個男子穿著隔離衣，向鏡頭揮了揮手，勇敢地就走進去了，那個他，就是我對葉金川先生最深刻的印象。

那時他是慈濟大學的教授及董氏基金會的執行長，不具任何公務職，只因為和平醫院裡的醫護人員發一封電子求救信給他，基於曾是同事和曾擔任台北市衛生局長的長官情誼，他不顧自身安危（那時SARS的死亡率極高）毫不猶豫地跳入疫區。

SARS事件發生後至今，葉金川有一個形象一直停留在我腦海，如果要我形容這個形象，「勇者無懼」四個字是再恰當不過了。

一年半後，那時（二〇〇四年八月）馬英九擔任台北市長，請他幫忙市政事務，出任副市長職務，又重回公務體系服務。但是葉金川本人是一個不太想當官的人，他自曝自己最想當老師，想在花蓮鄉下開一家咖啡館，不過他的公衛行政長才，一直深受各界器重，尤其馬政府在毒奶事件爆發後，他又緊急接手衛生署長一職，為馬團隊和劉內閣滅火，安定民心。

他是一個可以身負重任的人，這也是當初董氏基金會的創辦人嚴道董事長，費盡心思，請他到董氏基金會幫忙，願意放心交棒給他的原因，他也不負嚴道董事長的期待，為基金會各項業務的推動訂定許多明確的方向和做出傑出的貢獻，許多基金會的同仁現在都還很感念他那段時間的帶領。

這位優秀的人才，也不負眾人對他的期待和肯定，在馬政府的內閣民調中，有了第一名行政首長的好成績。

董氏基金會發行的《大家健康》雜誌很榮幸有機會為葉金川先生出版這本《視野》。這本書是他在擔任衛生署長期間的真情記事，包括參與WHA（世界衛生大會）的心情，處理樂生療養院問題，臨時接任衛生署長的感想等，內容相當精彩，在書中也可看到葉金川許多不為人知的小故事和生活點滴。

有媒體形容葉金川此次在WHA會議上的表現：「平心而論，葉金川的表現相當不錯。他只有一個缺點，太過於求好，難免會有情緒，難怪他來日內瓦後，必須按時吃高血壓藥。」無怪乎求好心切的他，在生活上有這麼多目標和夢想要去追尋！

他是一位有容乃大，無欲則剛的勇者。

祝福這位一直為台灣土地，奉獻他熱情的勇者，在未來面對每一個困難和挑戰，都能圓滿實現他的夢想！

推薦序

加油，葉金川！

侯文詠（作家）

二ＯＯ四年時葉金川先生曾策劃過一本書——醫師的異想世界。那本書訪談了許多除了醫療本業外，還從事別的工作的人。作為醫學背景出身的寫作者，我也是那本書的訪談對象之一。那是我和葉金川的初步接觸。

當時葉金川還是台北市的副市長，書出版之後，我收到了一本。那是一本力道與誠意十足的書，不但訪問紮實，書裡面的受訪者也都呈現了他們人生最重要的夢想與實踐的過程。儘管如此，我還是不免好奇，那麼忙碌的葉金川怎麼會有心情來出版這樣的書？我是凡事好奇的人。心中隨時有許多沒答案的好奇對我來說已經是很習慣的事情了。這個好奇，就這樣如同其他的好奇，一直被我存放下來。

在那之後，葉金川從董氏基金會、副市長、慈濟大學教授，工作一直在變動。通常只要有葉金川的消息，我就會注意一下。除了媒體猜測他出不出來競選市長這些事外，那一段時間，見報的消息多半是他參加鐵人比賽、爬山、騎單車這些比較「軟性」的新聞。到了二〇〇七年，我擔任飛碟晚餐這個廣播節目主持人，葉金川先生出版了一本書，來上節目，接受我的訪談，我才算和他又第一次的近身接觸。

那次的訪談印象深刻。那本書寫的是他擔任副市長期間，和一個小女生Jennifer六、七年間用e-mail往來的有趣互動（後來成了他的乾女兒）。Jennifer顯然不知道副市長葉金川有多忙碌，天真又充滿想像力地發出很多奇想和問題。不過葉金川似乎很樂於接招，像個任勞任怨的老爸爸一樣，把Jennifer提出來的事當成很正經很正經的事來處理。不但處理，自己還樂在其中。

我自己的創作心靈也接近小孩，那次訪談幾乎沒談到政治或公共事務，兩個中年男人繞著和小孩相處、童言童語這些和葉金川公開形象跳「tone」的話題打轉。我這個主持人放任話題奔竄簡直到了不負責任的程度，可是直覺就是讓我繼續那樣進行下去，我不知道廣播的聽眾聽到了什麼，不過對我而言，我在那樣的訪談中讀到了不少我過去不瞭解的葉金川。

當時葉金川沒有任何公職。老實說，我訪問過的政治人物不少。多半人在野時，很少像葉金川那麼優遊自在，並且樂於享受的。下野的政治人物不管是做公益、出書，你很容易就感覺得出來，他們很努力地在為復出作準備（甚至一點也不諱言）。不過我在葉金川身上完全感受不到這一塊。聽到的反而是更多的好奇、童趣、豁達以及對文化、想像力的熱情。在他不經意的言談間，他甚至給我一種印象，他對於教書、騎單車、爬山、參加鐵人、和Jennifer相處的熱情，甚至是遠高於公職這些事情的。

（他在節目裡用了「人在江湖，身不由己」這樣的字眼來形容公職，同樣的字眼，也在這本新書一開始的章節就赫然出現。）

那是二〇〇七年的事了。等到二〇〇九年我拿到這本書的書稿時，果然不出我所料，葉金川已經被江湖召喚回去，又經歷了總統府副秘書長、衛生署署長的職務了。

由於有了這些機緣，我一拿到書稿開始閱讀時，說來有些殘酷，心裡最大的私房懸念竟是：

一個像葉金川這樣心在山林的人，如何「身不由己」地把堂廟之上的事做好呢？

這本書的內容，敘述了他如何面對H1N1、參加WHA的挑戰、對醫療制度的想法、規畫，到如何在生活與工作找到夢想、平衡與快樂……（細節大家自己翻書看了）。讀完書，我很驚訝地發現，這整本書，幾乎是很有默契地在回答我的懸念（我發誓，我從來沒有問過葉金川這個問題）。他簡直把他在山林間的浪漫、和 Jennifer 相處時的想像力、鐵人比賽時的意志力和實踐力……所有的這些快樂與能量，都帶到工作上來了。葉金川用一個又一個心情故事（不管於公於私），讓像我這樣讀者明白：不管是什麼領域，只要裡面存在了夢想和實踐的承諾，它們一樣是可以和爬山、鐵人比賽一樣有挑戰性、甚至是有趣的。

我自己對政治這個領域是個大外行。但作為一個公民，對於公共事務我也有屬於個人的想像。

我記得有一次，小孩的家長要選家長委員。我被提名了。

我問小孩：「為什麼會提名爸爸？」

小孩說：「老師說要選有名氣的、或是有財力的家長。你算是有名氣的家長。」

我笑了笑。我當然很樂於擔任家長委員。但是這個想法大有問題。

我問小孩：「有名氣，有財力真的是最重要的嗎？為什麼我們不選最快樂、最有熱情、最有想像力或執行力的家長來擔任委員？」

我這個心願到最後終於還是落空了。因為這些在我心目中從事公共事務最重要的特質，不但過去很少被大家重視，就算真要把它當一回事，這些特質也很難被量化與看見。有趣的是，這件在家長委員選舉沒有實現的想法，我在葉金川在公共事務的作為與想法上竟然看到了。

這實在是一個很令人開心的發現。只是，在讀完這本書時，我也感受到了：

或許作過那麼多事情的葉金川只是一直熱情地在實踐他的夢，他從來不覺得（或不愛）自己是個政治人物吧。

浪漫、熱情、夢想是這個時代很稀有的特質，只是，江湖畢竟還是有江湖的遊戲規則。這實在是一個懷抱夢想的公共型知識份子從事政治永遠的大議題。我不知道葉金川接下來還會變成什麼。可以確定的，在他身上這場「做大官」與「做大事」的辯證大概還會持續進行下去吧。如此一來，我的私房好奇也就可以隨著時間推移，繼續發現更多我不知道的葉金川。

（這個新的懸念恐怕又要等到下一本書才有更多的答案揭曉了。）

當然，我私心真的很希望更多的視野、夢想與文化想像能夠進到政治這個空間裡。畢竟那是我覺得台灣目前的公共事務中，最迫切需要事。

因此，站在這個私心立場上，我很想大喊：

加油！葉金川。

推薦序

每一個人都是主角

孫越（終身義工）

對葉金川署長一直不陌生，尤其印象深刻的是一九九五年和當時董氏基金會嚴道董事長去拜訪他的那次。當時葉金川擔任健保局總經理，會印象深刻不單是那次從他那兒募到款，而是拜訪中看到他總是耐心聽我們說，不多話，但允諾中有股篤定，是讓人信任的。之後，在菸害防制、憂鬱症防治等議題上有許多次的合作，無論他身處何種公職或角色，依然看到他行在公益，也在公益路上開朗的笑著。

很高興他出新書了，看到書中有很多他的真情告白、對社會的關懷，與孩子一起築夢及讓人會心一笑的動人故事。

「邂逅」篇有一文——「轉動關懷，轉動愛」，敘述的即是台灣捐血運動的背景及發展。這項捐血運動，正如葉署長在文中所說，「捐血運動的成功，是來自草根力量一點一滴的凝聚。」當時的時空環境是醫院的急診處常聚集不少人（血牛）在賣血，可是因為常鬧血慌，有時醫生還未開處方，這群血牛就自行幫忙驗血、抽血，甚至輸血，這是落後的醫療現象，於是民間一群熱心人士，主動發起改革運動，成立中華民國捐血運動協會，宣導大家應該自願捐血，破除醫院賣血陋習。這項運動，我也有機會參與其中。

記得一九八三年時，我在一次等電梯的時候，有人告訴我醫院正在鬧血荒，許多病人需要血救命，這個需要感動了我，和幾個好友立即加入「做個快樂的捐血人」運動，並和藝文界的友人拍攝廣告，呼籲民眾踴躍捐血。

這項運動的成功，我和葉署長的想法一樣，這是來自社會民間許多默默的無名英雄，努力推廣這個好的信念，他們「每一個人都是主角」。其實台灣的菸害防制運動、環保運動等，也都是如此，慢慢形成一股風氣，這或許也是公益力量的顯現。

葉金川署長在這本書中，許多處都提到對當前台灣社會諸多的期許，「這個社會一直在改變，只是速度比較緩慢，需有耐心，經過適當地孕育，總有一天會生根萌芽。相信大家一起來，台灣終究會成為優質而成熟的社會。」

是的，我也深信，只要更多人投入社會公益行列，一起關心我們生活的環境、周遭需要幫助的朋友，這股來自民間的公益力量，一定會讓台灣的未來更加美好！

推薦序

平時走自己的路，必要時挺身而出

徐一鳴（達一廣告董事長）

提起葉金川，多數人最深刻的印象，是他在和平醫院前，輕輕揮揮手，進入醫院的鐵漢形象，當時他不是公務員，但使命感超強的他，對跟社會大眾有關的挑戰從不逃避，就算有生命威脅也不怕。

而特別困難的任務，從此也彷彿長了眼，總會迎面找上充滿想法的他。

去年九月，鐵漢臨危授命，接任衛生署長。這工作對他並不陌生。研究所畢業就在衛生署工作，該做的，會做的，他都做過了，只是世事難料，人生繞了一大圈，又回到衛生署，接下壓力最大、任務最艱鉅的署長。

他這人天生愛做事：「既然來了，任內應該完成些工作吧！」果然，兩大考驗很快從天而降：一是台灣成為WHA觀察員，三十八年來頭一遭。另一則是新型流感全球大流行，是SARS之後又一次流感危機。

本書中，自負又勇於迎接挑戰的鐵漢，詳細記錄了他面對這兩個挑戰的經過，其中有學習、有反省、還有許多感動。

台灣成為WHA觀察員，他引用金恩博士那句名言：「我有一個夢」。金恩的「夢」是追求種族平等，葉署長的「夢」是台灣重回國際舞台，參與世界衛生大會。

當時，在會議上葉署長有四分鐘時間代表台灣發言，這是歷史性的一刻，可惜透過電視報導，大部分焦點都集中在現場的抗議事件，卻不知道做事遠比說話俐落的葉署長，為了這一刻，為了這等待三十八年才擁有的四分鐘，一再準備、練習，怕心跳太快，上場前還刻意多吃了降血壓藥，好讓自己有更鎮靜、更出色的表現！

四分鐘演說，贏得全場掌聲，但一向要求完美的署長，給自己的評語只有酷酷八個字：「不滿意但可以接受。」

面對參加WHA引發的爭議，大家只看見「理直氣壯的葉署長」，卻沒有看見他心細如髮的另一面——「不斷虛心檢討的葉署長」——帶領台灣對抗H1N1新流感：台灣做了什麼？那些地方做得還不夠？未來要怎麼補強？透過這本書，葉金川向台灣民眾提出了正確、周全的防疫觀念。

書中同步展現了鐵漢不為人知的柔情面，特別是他與家人的親情，令人動容！葉金川帶著高齡母親，進行為期四天的環島之旅，只因九十歲的母親沒搭過高鐵、沒去過墾丁，他想帶母親去體驗，這趟旅程，他自己形容是件瘋狂的事，卻讓我想到先母的早逝而羨慕不已。

我因董氏基金會結識葉署長，他身材不高壯，卻充滿活力，為人溫和，說話卻單刀直入，他平時跟大眾保持適當距離，必要時卻能為大眾挺身而出，我猜，他之所以熱愛爬山，恐怕跟這種思維有關吧。這有機會為他寫序，我既榮幸、又高興。

祝他六十歲前完成百岳心願！

自序

心靈饗宴

葉金川

來到衛生署，已經十個月了，我和署內主管、同仁有一項特別的溝通方式，是每兩星期一次的「心靈饗宴」，它是放在衛生署網站上的文章，並且以電子報形式發送其他關心醫療衛生工作的同仁。

有位同仁看過這些文章後，告訴我說：「寫文章的署長和在辦公室的署長，好像兩個人，無法兜在一起，哪一個才是真正的你！」我笑著回答說：「都是。」衛生署的我，是公事的我；寫文章的我，是內心的、生活的我，都是真實的。在公事上，往往呈現的是強悍的、嚴肅的我；而生活上，是輕鬆的、愉快的我，或許有時也是苦中作樂的我。但兩者並不衝突。

我在署內跟同仁們的互動，最主要就是開會或公文往來。除開公文處理的部分，重要的事務會提到晨會上討論，屬於非正式的討論，這卻被同仁們形容是夢魘的來源。因為通常對外開會一定有主題，且有較多時間準備，但如果提到晨會討論，例如H1N1疫苗採購多少、油是否含砷等等，議題多半較為嚴肅，如果同仁表現不令人滿意，通常會被我詢問，所以同仁很怕跟我開會。

每半年舉辦學習之旅，是我跟同仁溝通的另一種方式。去年年底、今年七月各辦了一次，討論的範圍多為政策面、方向性的討論，以及署裡過去半年做了什麼，未來半年有哪些計畫。我也跟同仁進行比較軟性的溝通，邀約去爬山或從事其他活動，每個月一次，讓他們有機會看到我的另一面，畢竟工作時，我要求很多、也急、或有人說「很凶悍」；在生活安排上，我跟大家是同事與朋友間的互動，而不是長官與部屬間的關係。

在七月初的學習之旅，我們檢討了上半年的衛生工作業務與未來展望，短短半年，我們經歷很多重大的事件，包括三聚氰胺、TFDA法案已通過、樂生順利拆除、菸品健康捐已經通過。行政院通過的六大新興產業，我們占了兩項，包括醫療照顧產業與生技產業；此外我們還在退出聯合國三十八年後第一次參與WHA（世界衛生大會），與面對全世界都無法逃避的H1N1。

當我整理這些文章時，深刻的感覺到，才來署裡十個月，就遇到這麼多事，我對團隊的要求常常像用百米的速度在跑馬拉松，當然累很大。我相信一起規劃、一起經歷的事不會永遠是甜美的，但多年後再回首如果能留下一些記憶，無論是什麼：是令人打自內心歡呼的、驕傲的、收穫的、辛酸的、痛苦的、無奈的都會是值得的。

其實我在這本書中，真正想表達的是一種態度，對生活與工作的態度。當然我不見得是對的，但想與所有人共同分享的是，面對每天的生活、工作，可以有更積極、具理想性的態度。總之，來到署裡，對我來說也是一場奇遇，出這本書，不是要談自己有什麼豐功偉業，而是想分享這些日子以來我的種種心情，如何面對困難及問題，如何在工作中找到自己的定位、成就感。

輯一

插曲

World Healt
Organizatio

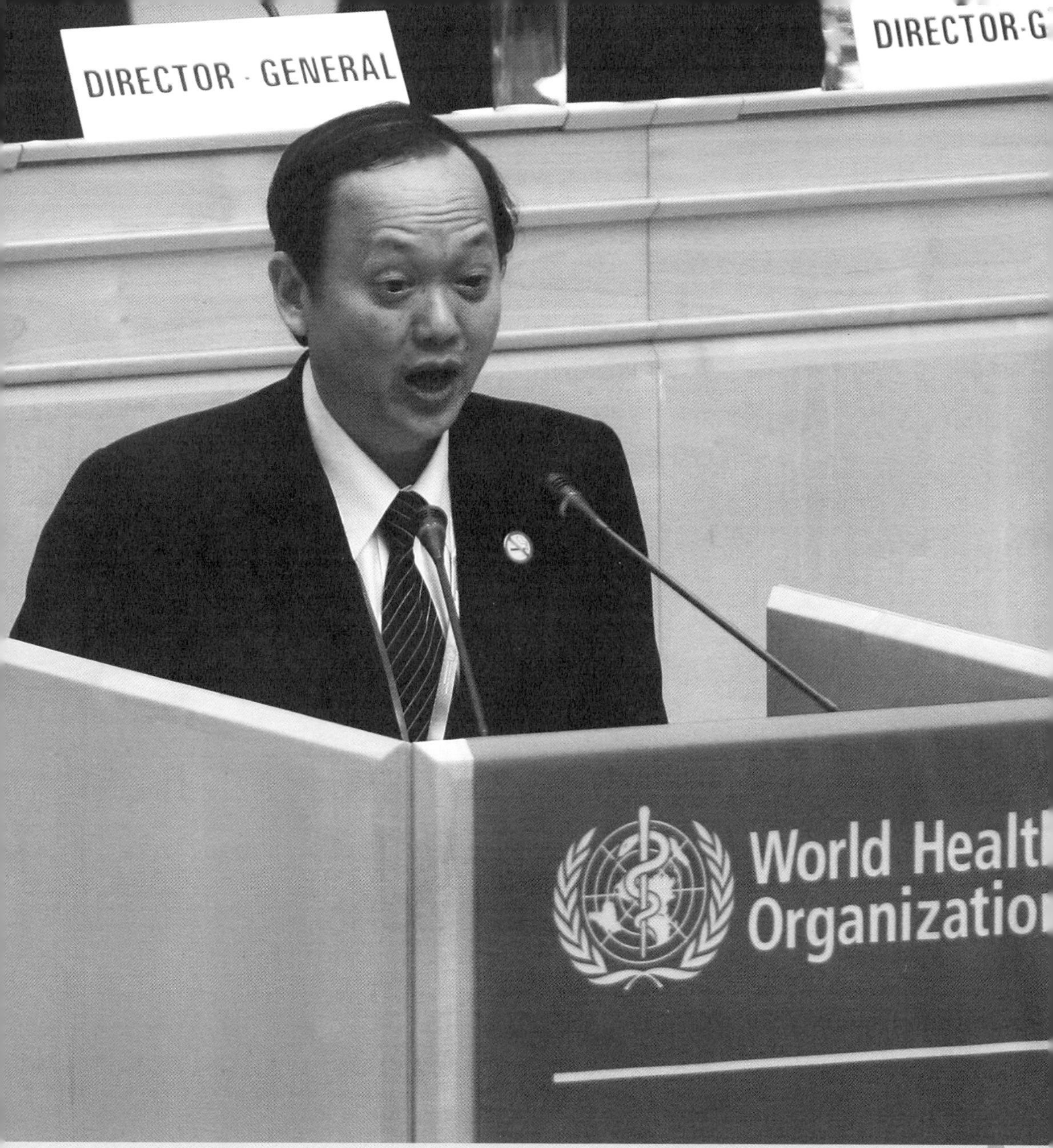

Episod

驚奇之旅

我到衛生署接任署長其實是一個意外，因為毒奶事件，接替我的同學林芳郁，他其實是個很真誠的人，但少了政治歷練。本來我可以拒絕來衛生署，偏偏那時我在總統府擔任副祕書長，人在江湖，身不由己。

一連串的生涯意外

就在政黨再度輪替，由詹春柏擔任總統府祕書長時，他們希望我去協助，要我擔任副祕書長。對我來說，這個職位也是個意外，我甚至不知道要做些什麼。他們說就像是幕僚，幫總統安排行程、對外聯繫等等，他們知道我不願意做檯面上的工作。但實在沒想到，因為毒奶事件，我被徵召來衛生署。

那時情況非常緊急，當天（二〇〇八年九月二十六日）晚上我被告知要來接衛生署署長，隔天下午交接，晚上就開始面對媒體，在記者會上發表如何處理三聚氰胺事件，根本沒有時間思考來衛生署之後的整體計畫，只想著該如何解決三聚氰胺的問題。

前前後後花了約兩個月，總算將毒奶事件給解決了，這件事不只是食品衛生的問題，隱含更多兩岸問題，沒想到食品衛生問題變成政治話題。

燙手山芋的挑戰

毒奶事件過後，兩岸簽署「食品安全協議」，這個協議究竟能幫上多少忙，我不太知道，但實質的意義在於兩岸互動機制的建立。畢竟，單單一個協議是無法解決台灣複雜的食品安全問題。

為了能更有效管理進口食品與國內食品，今年（二〇〇九）五月通過了「食品藥物管理局（TFDA）」組織條例，這是實質的組織變革，預計明年一月成立。

●接任衛生署長的第一天，我趕緊到賣場瞭解「毒奶」產品下架情形，並查看奶製品原料是否達到檢驗標準。（圖／聯合報系提供）

●查毒奶上任的第三天，台灣赴大陸訪查乳製品衛生安全專家剛返台，我一同出席記者會，立即喝上業者新配方的即溶咖啡，證明沒有三聚氰胺。（圖／聯合報系提供）

●為了化解民眾對油條成分是否含有中國銨粉疑慮，我在鏡頭面前，大啖油條，希望化解民眾的疑慮。（圖／聯合報系提供）

●毒奶事件對麵包業者衝擊甚大，清晨七時不到，我和劉兆玄院長在大安森林公園，發放五千套保久鮮乳及麵包，證明麵包安全無慮。（圖／聯合報系提供）

另外，有兩個食品衛生安全的新計畫也在進行中。

我邊處理毒奶事件，同時設法解決延宕五年的樂生療養院問題，目前已經告一段落，衛生署通過了漢生補償條例，讓院民的生活獲得實質照顧，捷運工程也可順利開工。

此外，菸品健康捐也於今年（二００九）一月二十二日通過，六月一日正式實施。其他像是疫苗基金、中低收入戶的健保補助等，我們也在做，只不過這些跟其他事情相比，並不被媒體重視，雖然這也是大事一件。

當中我碰到最大的兩件事是H1N1與參加WHA（世界衛生大會）。幾十年來未能解決的燙手山芋在我任內竟然全跑出來了。爭取成為WHA觀察員這件事懸宕了十二年，禽流感的

威脅也存在好幾年了，沒想到禽流感沒來，反倒是跑來了H1N1新型流感。

不過，成為WHA觀察員應該是台灣近三十年來不斷嘗試與努力的一件事。

站上萬國宮的講台

有部分人批評我們參加WHA是出賣主權，不管外界怎麼批評，爭取到成為WHA觀察員，站上萬國宮（註◉）的講台，是台灣三十八年來重要的一步，也是台灣走向國際、擁抱世界的一大步。我的出席名牌上寫著「中華台北」、「衛生署長」，我們要的其實都要到了。

大家看到我走上台，講四分鐘的話，用英文、國語和台語致謝，這些只是形式上，讓全世界聽到

●三十八年來，首度能代表台灣在聯合國體系的世界衛生組織登台發言，是我畢生的最大光榮。雖然名稱只能用中華台北，不滿意，但只能接受。有機會把台灣的醫藥衛生實力向世界推銷，提升台灣的能見度，當然要出席。（圖／中央社提供）

台灣的聲音。在日內瓦，各國出席者大多稱呼我們Taiwan，不會有人稱呼我們Chinese Taipei。

對我來說最重要的是能夠代表台灣走向世界。如果我們不斷自我想像成被矮化、出賣主權，台灣只好繼續封閉，跟世界隔離。四分鐘的演講是看得到的東西，看不到的是，我們如何在這樣的場合得到世界各國的認同與尊重。

實質意義大於形式

我們有安排幾場重要的雙邊會談，包括美國衛生部長Sebelius、歐盟的執行委員會主席Guth、日本衛生部次長、中國衛生部長陳竺、加拿大衛生部長、二十二個邦交國衛生官員，以及跟我們沒有邦交的國家等，都與我們有接觸、談話，這比檯面上的活動更重要。

如果沒有邁出這一步，我們就無法參加H1N1國際研討會與全球流感大流行國際研

註◉ **萬國宮**（Palais des Nations）是瑞士日內瓦的著名建築，現在是聯合國駐日內瓦辦事處，又稱聯合國歐洲總部。

討會，也因為我們能出席WHA，陳建仁、張上淳、陳培哲、郭旭崧等專家學者才能有直接參與會議，交換防疫最新資訊的機會。

另外，我們也舉行國際媒體記者會，超過二十多個國際媒體出席，包括美洲、歐洲、中東、非洲、中國大陸、香港、日本等，台灣因此能在國際媒體上發聲。

這就是我們要的，讓世界各國看到台灣的實力與誠意。只有這樣，其他國家才會看得起台灣，能參加會議本身並不怎麼樣，而是透過會議，讓其他國家了解台灣的努力，而且有意願貢獻國際社會，這樣才能贏得真正的友誼。

這次，很多不認識或沒有邦交的國家都主動來跟我們恭喜，並表達未來與我們合作的意願，這是台灣離開國際舞台三十八年來很大的突破，這不是形式，而是實質的突破。

● 歐盟駐WHO大使Dr. Guth說：台灣代表團是唯一與他們見面，沒有向EC（歐盟執委會）提出要求的國家。（圖／行政院衛生署提供）

很多人擔心明年我們是否還能參加，我幾乎可以百分之百肯定，我們一定會再受到邀請，因為許多主要的國家都跟我表達，歡迎我們明年再來。

我深深以台灣為傲

我其實很以台灣為傲。面對美國、日本、歐盟等國時，我們有很多引以為傲的成就可以跟各國對談與分享，我聽到最有感觸的一句話是，歐盟駐WHO大使跟我說，很多國家跟他談，都會先謝謝他，然後加上but…，他對我說：「你們是唯一來謝謝我們，希望跟我們合作，卻沒有說『but……』的國家。」那種感覺是，我們很有尊嚴、我們是存在的。

在那邊，每個國家都直接稱呼我們Taiwan，當主權實體看待，可是國內卻在政治意識分歧下，有部分人仍看衰我們這次的努力。

民主、自由與均富是我們的武器

對我來說，參加WHA是一個意外、一個偶然，也是一個奇遇（surprise encounter）。這是很多人夢想一輩子要去做的事情，竟然是由我代表國家去達成這項任務。老實說，如果可能，我寧可由別人代表台灣去，而不是我，也許就不會引起這麼多的爭議，雖然我自認自己不是具爭議性的人物。

對我來說，中國大陸不是敵人，而是個需要去改變成民主、自由與均富的國家，我們沒有能力去擊敗他，但我們有實力去改變他。

什麼是我們的武器？民主、自由、均富就是我們的武器，唯有國人彼此團結，才有可能改變中國大陸；如果台灣不斷內部鬥爭、持續內耗，停滯不前的結果就是等著被中國大陸追趕過去。

鐘鼎山林各有天性

鐘鼎山林，各有天性，現在的我真想趕快擺開政治紛擾，回花蓮，徜徉於山林間。很多年前，我就寫下這段話，經過多年後再看，夢想依然不變甚且更加鮮活：「我夢想，我們的社會有一天不再分裂對立、仇恨暴戾，我們的下一代都能被教育成陽光利他的社會公民，我們的國家有一天能在世界村扮演積極貢獻的角色。」

只是，這些夢，現在仍然是遙不可及的夢，說不定只有下一代才有智慧去實現。

化危機為轉機——任衛生署長職一個半月時的感懷

因為三聚氰胺事件，前署長與食品衛生處長相繼辭職，衛生署員工士氣也跟著受到影響。我就任一個半月，事情已告一段落，我們應該平心靜氣回頭來看看這個事件。

對社會造成恐慌、衛生署形象大受損害、食品處士氣低落，這是負面影響的部分。從正面來看，這次事件對衛生署來說是危機，但是，趁此事件做些改變，這就是轉機。

到底這一個半月以來，我們看到了什麼樣的改變？

第一個改變：簽署兩岸食品安全協議

有簽或沒簽這份協議，有何差別？

目前台灣許多食物、原料、農水產品都來自大陸，甚至連魚雞鴨牛羊的飼料也來自大陸，中藥材那更多了，這些都需要管理。因為三聚氰胺事件，有個契機可以改變原本無可奈何的情況，尤其在簽署兩岸食品安全協議之後。

簽署這份協議之後，不論在事前、事中、事後，都有了不同的作法。

事前：也就是預防的部分，我們可將預防的工作拉到大陸，直接在現場，對生產工廠的品管、政府的監管制度、檢驗方法、要求水準等有更真切地了解。原本我們只能從海關管起，簽署之後，可以從源頭管起，等於把管理拉到最前線。

事中：萬一發生事故，就不會像這次事件，完全得不到大陸那邊正確的訊息，我們可以在第一時間跟大陸求證，直接溝通，要求處理。

事後：最好不要有事件發生，如果有，事後的處理，包括求償等，因為有此份協議，才可能進行事後各項處理。

更重要的是，目前我們只簽了食品安全協議，有關中藥材、藥品、原料、飼料等管理，將在下一份協議簽署，大陸那邊已經答應將這些內容放入下次重要的議題討論。對衛生署而言，簽署這份食品安全協議，至少已經走了一大步。

第二個改變：台灣的FDA即將成立

第二個改變是，制度將出現大變革，我們規劃了十多年的食品藥物管理局（TFDA），終於因為這次事件有了很大的突破。我們把衛生署內原本的藥政處、食品處、藥物食品檢驗局、管制藥品管理局合併成一個單位，甚至把目前隸屬於經濟部標準檢驗局內檢驗食品的人力納入我們這裡，變成單一機構，就像美國的食品暨藥物管理局（FDA），屆時，人力也會增加，這也是我們食品藥物安全上的一大進步。

第三個改變：參與國際衛生事務

第三個改變，我們與世界衛生組織、世界各國的聯繫也因這次事件而有了突破的契機，雖然這仍須跟大陸協商，但是我相信討論的空間相對較高。

其實在SARS事件之後，世界衛生組織通過一個國際衛生

●劉兆玄院長為了鼓舞衛生署同仁士氣，率薛香川祕書長、研考會江宜樺主委，張進福政務委員等視察食品衛生處。（圖／行政院衛生署提供）

條例（IHR），希望全世界公民都可適用的健康原則，只是WHO仍把台灣排除在外。SARS之後有了IHR，這次三聚氰胺事件更讓國際社會有機會了解不應再把台灣排除在外，這是我們加入WHO的契機。

我們開國際會議，在與各國溝通的過程中，很多國家認為台灣有權參與國際衛生事務，特別是美國FDA破天荒派出十位代表出席視訊會議。當然，明年（二〇〇九）我們能否加入WHO是未知數，但總是個契機，一而再、再而三的事件證明，台灣有義務也有權利參與國際衛生事務工作。

整體來看，三聚氰胺對台灣的損失多為經濟的損失，如果能藉此讓食品安全的制度更健全，未嘗不是因禍得福，署內的同仁們不必太失望、挫折。

不是我選擇的戰場

有位國外教授跟我說，我上輩子一定做了很多壞事，所以來當衛生署長做為處罰，他說：「別太難過，全世界的衛生部長都與你一樣面對同樣的問題。」的確，接下衛生署長的工作，我內心沒有任何榮耀、興奮、開心。不過，既然來了就不應該講這麼不負責的話，任內應該完成些工作吧！

為國內培育衛生行政人才

第一個要務是培育人才，讓新的世代有實力來接手，培養源源不絕優秀的衛生行政人才。

為什麼我會這樣想，其實跟我當時從國外留學歸國，進來衛生署有關。我原本不想做衛生行政工作，卻因為某個機緣讓我進入衛生署，當時的許子秋署長教我如何做好行政工作，我就這樣一頭栽進去，二十年後才離開。我在一九九八年二月離開衛生署，十年後又再度回衛生署，這中間我做了三份工作：台北市衛生局長、台北市副市長、總統府副祕書長，來來去去都很短暫。唯一不變的是，我一直想待在慈濟當老師。我現在要做好自我調適，讓署務更快順利上路，讓新手能早日成熟接棒。

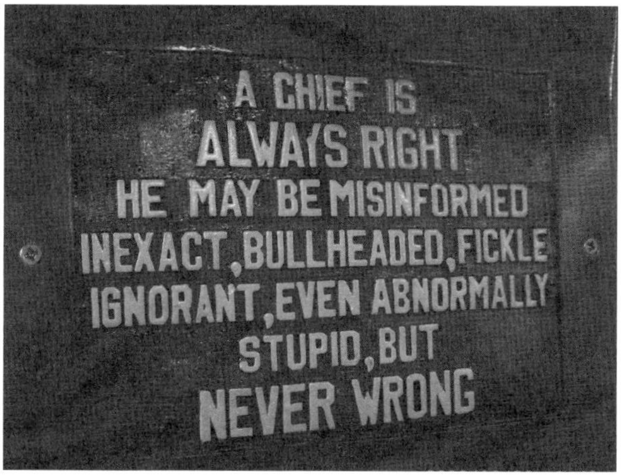

●在聖地牙哥Arizona航空母艦上，可以看到的至理名言，老闆是永遠不會錯的。

●菸害防制新法上路前，我特地到片場，向拍攝公益廣告代言的S.H.E.及董氏基金會董事長謝孟雄、執行長姚思遠、義工孫越、陳淑麗及媒體人趙怡表達感謝。（圖／董氏基金會提供）

兩岸食品安全協定已經完成，接著我希望明年（二〇〇九）五月台灣能參與WHO衛生事務。從一九七五年台灣退出聯合國至今，能重回WHO，將是衛生署最大的成就，就像阿姆斯壯登上月球的第一步。接下來，需解決健保財務，怎麼解決呢？

劫菸民濟貧弱

短期作法，要提高菸稅，長期做法則需要有個機制，也就是將目前依薪資所得的費率改為部分靠所得費率來增加財源，畢竟現在依薪資所得的比率愈來愈低，這是M型社會必然的現象，只能透過劫富濟貧來維持全民健保。這項制度必須在一年內建立起來，那就必須在今年底提出方案。

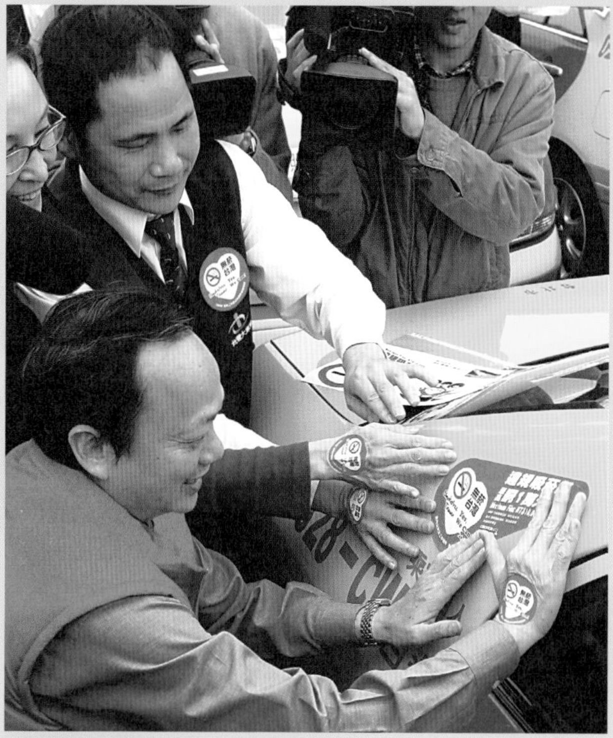

●在台灣，計程車司機也加入無菸行動，共同為菸害防制工作努力。（圖／董氏基金會提供）

●法蘭克福機場的駱駝吸菸室，台灣的菸害防制工作遠比德國來得進步。

菸害防制法明年（二〇〇九）就要上路，如果順利提高菸稅，一年就可增加一百八十億。菸捐要提高十元，到目前為止，檯面上反對的人不多。我們主要用增加的菸稅改善山地離島、偏遠地區、罕見疾病患者醫療品質，及補助繳不起健保費的中低收入戶、原住民等沒有工作又不符合低收入條件的這些人，換句話說，我提出的也是劫菸民濟貧弱的想法。

菸捐不是所有的人都必須繳，有個辦法可免除這個負擔，就是「戒菸」。如果你想戒菸，政府還會花錢幫你戒掉菸癮。

禮運大同篇說，「鰥寡孤獨廢疾者皆有所養」，用菸捐做這些工作，我們的正當性很強，反對的力道相對薄弱。

不具挑戰的工作我不會做

這些工作對我來說是挑戰，但不具挑戰的工作我不會做，把這些事一一完成，對衛生署來說，現在應該是轉機的開始，危機已經過去，大家要往前看，未來才會充滿希望。

我有一個夢

一九六三年，一生致力於種族平等、爭取黑人公民權的金恩博士在華盛頓林肯紀念館發表演說，其中有兩段話，至今讀來仍深深打動人心：「我有一個夢想，我夢想幽谷上升、高山下降，坎坷曲折的路成為坦途。」「有了這個信念，我們就能把這個國家爭執不休的聲音，改變成一道洋溢著兄弟之愛的優美交響曲。」

我也有個夢，且終於有機會能夠實現。

台灣重回國際舞台的夢

重新回到國際舞台、參與世界衛生大會（WHA），是每個醫生、公衛學者，或所有台灣人的夢想。現在，我們終於有機會實現夢想，以世界衛生大會觀察員的身分參與會議。也許有些人不以為然，將這件事說得了無新意，但對大部分人而言，這可是一個非比尋常的事，就像在作夢一樣。

我念醫學院四年級那年，台灣被迫退出聯合國，隔年，我們就不能再參加任何聯合國所屬的各種組織，包括世界衛生組織。我記得，當年的衛生處長顏春輝與內政部衛生司長張智康，是最後一次正式參與世界衛生大會的代表團團員。

說出我們的心聲

睽違三十八年之久，二○○九年五月十八日，我們終於能重返世界衛生大會（WHA），有機會說出我們的心聲。更重要的是，我們有四次機會可以公開表達參與WHA的意義與重要性。

一次是中華台北代表團的中外媒體記者會。第二次是我們將和友邦國家的衛生部長餐敘，大約有二十多個國家。另外兩次格外重要，一次是「世界醫師

●一九七二年，內政部衛生司長張智康、衛生處長顏春暉、李悌元先生等參加在馬尼拉世界衛生組織亞太分署會議情形，是我國最後一次參與聯合國屬下組織的活動。（圖／行政院衛生署提供）

聯盟」（World Medical Association）邀請我們出席並進行三分鐘的致詞，這是非常重要的場合，因為美國衛生部長色比流斯（Katherine Sebelius）也是大會貴賓演講者（keynote speaker），在她演講之前，我有機會進行三分鐘的致詞。另外一次相當重要的發言機會，是在WHA全體會議中的綜合討論（general discussion）中，我有五分鐘正式發言的機會。

透過行動讓世界感動

我其實有點緊張，畢竟我不是職業演說家，我需要花很多時間訓練才行。因此我必須讀很多資料，為這幾場公開演說勤加準備。我認為，透過具體行動才能促使別人感動，而不是單純透過語言，所以我們這次的標語（slogan）是：「透過行動，讓世界感動」。

參加WHA，這讓我們終於有機會展現台灣的實力，闡述台灣對世界的責任與貢獻；相對地，我們也可透過參與WHA獲得相當多的助益，對抗H1N1新型流感就是最典型的例子。

假使我們仍舊無法參與世界衛生組織，台灣將更孤立無援，無法真正保障台灣

●在日內瓦湖畔，與郭旭松局長、楊哲民處長合影，那時還不知五月十九日或二十日哪一天能上台演說，心情自然輕鬆不起來。

二千三百萬人的健康、生命與安全。這次能參加WHA，可說是雙贏與多贏，對台灣與世界衛生組織來說，是雙贏；對全世界來說，則是多贏。

用行動回饋國際社會

要讓別人感受到我們是地球村的一份子，願意為國際社會貢獻一己之力，願意負起責任的那份心意，要讓全世界看得到。

我們擁有疫苗廠、製藥廠，可以積極參與全球防治H1N1新流感的工作。這次出席WHA，可以要求歐美先進國家提供協助，讓我們的疫苗、製藥產業符合國際水準，藉此與世界接軌。當我們有更豐沛的實力生產疫苗和藥品後，我們可提供疫苗及藥品給第三世界國家，用行動回饋國際社會。

台灣走入地球村的一大步

當然，我們也有許多傲人的成就與寶貴經驗可提供各國參考，例如：

一、全民健康保險制度與健康照護制度。

二、疾病防治，尤其是病毒性肝炎、愛滋病防治與結核病防治。

三、菸害防制，在台灣從無到目前的立法施行「菸害防制法新制」，規定「三人以上的室內工作場所及公共場所全面禁菸」，可說是領先世界的重要計畫。

另外，有鑑於偽藥、食品衛生等問題層出不窮，我們可透過全球合作，提高食品與藥物安全。

總之，這次有機會與各國衛生部長、專家領袖們會晤，尤其能與美國衛生部長會面，頗為難得，我們將當面感謝各國過去對台灣的諸多幫助，並希望未來能與美國食品暨藥物管理局（FDA）、疾病管制局（CDC）加強合作；當然，也不排除與中國衛生部長陳竺交換意見，致力於改善中國大陸與台灣的醫藥問題。

●台灣在疾病防治上有許多傲人的成就與寶貴經驗，肝病防治就是其中之一，星光幫的年輕歌手同聲呼籲花三分鐘抽血驗B、C肝，及早保肝（圖／肝病防治學術基金會提供）。

●我與台北市計程車司機，一起高呼「無菸台灣」響應菸害防制法新制上路。（圖／董氏基金會提供）

●「菸害防制法新制」，規定「三人以上的室內工作場所及公共場所全面禁菸」，可說是領先世界的重要計畫。（圖／董氏基金會提供）

在國際舞台用心演出

參與WHA對衛生署來說是重要的一步，也是台灣的一大步，更是我們走向世界地球村的一大步。

不過，反過來說，能夠參加WHA只是過程，只能說拿到入場門票，如何在國際舞台上用心演出，做好我們該做的事才更重要。

買到門票，取得上台演出的機會，不表示別人就會感動或為我們喝采。我們要拿出實力與誠意，讓大家接受台灣是世界村的一員，有了台灣這一成員，世界村才不會有遺珠之憾。

請用政策說服我

有一群人，整天說我賣台、包圍抗議。

我認為，抗議不能解決問題，應該就政策來辯論，讓民眾做最後的決定，而不是每天來騷擾我。騷擾我又能改變什麼，除非用政策來說服我，我才有可能被改變。當然，我也想用政策來說服這些人，我的作法是對的。

從幾件事說起：女學生來飯店鬧場，這件事根本不值得回應，這跟獨派團體早晨來包圍我家、包圍衛生署一樣地無聊，那不是民主的常態，而是變態，所以我不想去回

●出席WHA（世界衛生大會）的代表團十五位成員。睽違三十八年之久，再次重返WHA，意義重大。（圖／行政院衛生署提供）

應。我想回應的是，請民進黨說清楚整體的大陸政策是什麼？什麼人在賣台？什麼人在愛台？

能以「台灣」之名加入，誰不願意

先從世界衛生大會（WHA）說起，我還沒出席WHA之前，民進黨的發言人鄭文燦曾經在記者會上提出民進黨三點聲明，第一，絕不接受中國大陸在二〇〇五年與世衛組織（WHO）所簽訂的諒解備忘錄（MOU）。第二，全力反對台灣是附屬會員國身分。第三，絕不接受北京倡議逐年控管。

針對這三點聲明，我在此逐一

●與美國衛生部長Katherine Sebelius 雙邊會議後交換禮物。

回應。首先，我們當然有跟中國大陸進行溝通，但沒有形成文字，之後我們就直接跟世衛組織祕書處聯繫，他們直接發文給我，沒有透過中國大陸。此外，有關使用「中華台北」名稱，當然最好能用「中華民國（台灣）」或「台灣」名稱加入，但這是目前外交上的現實狀況，如果能以「台灣」之名加入，誰不願意？國際現實就是沒有辦法這樣，之前民進黨努力了八年，李登輝執政時也努力了四年，始終沒有辦法加入。

所以，使用「中華台北」名稱，不令人滿意，但可以接受，除了名稱問題，其他都是可接受的安排。第一，我們是使用觀察員身分參與；第二，我們已擺脫掉二〇〇五年諒解備忘錄的拘束，我以「衛生署署長」的名義出席，世衛組織直接邀請我們，沒有透過中國大陸。

衛生實體

世衛組織祕書處的發言人Thomas Abraham說：「幹事長有權利邀請任何衛生實體來參與世界衛生大會。」依他的說法，Chinese Taipei是個衛生實體，我們有效地在負責台灣健康衛生

● WHA出席證，Dr.或是Mr.是大會對所有參加者的名稱，部分媒體說，為什麼不是Minister，似乎是想太多了吧！

的所有事物，在這種情況下，要不要參加，以我的看法，參加當然比較有利。

民進黨執政八年中，有兩次是以「衛生實體（Taiwan healthy entity）」跟「衛生主管（Taiwan healthy authority）」的名稱申請，都被大會否決掉；八次之中有七次申請以觀察員的身分參加，一次申請以會員國身分參加，結果更慘，表決結果，贊成的只有十五票，反對的卻有一百三十八票。國際現實就是這樣，事實已經很清楚。

能參與，才有機會向一百九十三個國家發聲，雖然我們只有四分鐘發表演說，卻可藉此表達我們的想法。正因為有這樣機會才能跟美國、歐盟、日本、加拿大等重要的國家就衛生議題進行雙邊會談，也因為能出席大會，我們才有機會跟二十多個國際媒體說明我們的立場以及參與世界衛生大會的意涵。我們可藉此行銷台灣衛生醫療保健，提升台灣的國際能見度，對全世界展現台灣醫療衛生的實力。

整體來說，我們的評估是，這樣做有利於台灣未來的發展。

在那裡，每個國家，不論是不是我們的邦交國，在進行會談時都不會稱我們「中華台北」，他們一定會稱我們「台灣」。如果這樣做是賣台，請告訴我，怎樣做才算不賣台？我覺得不能老是用鬥爭、示威、包圍、惡言相向來做政策辯護。

請用政策來說服我

很多年前，我當健保局總經理時，那時候美國用「三〇一」條款威脅健保局，我們必須坐上談判桌跟美國談判藥價，我曾經向當時的蔡英文教授請教一些問題，我那時覺得她是個學者，國際事務經驗很豐富的學者。可惜，前陣子發生兩次狀況，我覺得她身為民進黨主席，並沒有很適當地介入、處理。

一次是我在立法院被勒脖子，這是民進黨立委做的事情，有錄影可證實。我其實可以告民事侵權行為，且後來檢察官也以強制罪將那位委員提起公訴，但她卻對外說，那是羅木才跟張碩文做的，這表示她沒有實際去了解事實真相就聽信黨員，就隨便發言。羅木才是衛生署參事，張碩文是擔任國民黨立法院黨團的書記長，民進黨立委說是他們兩個人勒我脖子，妳真的相信嗎？

第二個疑問是這次WHA的事件，她做的評論是，因為我情緒化所以不適任閣員，這根本不是議題，我想問的是，我們的作法是賣台或不賣台，妳應該講清楚，而不是說一些不三不四的話（台灣話叫做「五四三」），莫名轉移焦點，叫閣員下台不是一個主席該做的事。WHA議題是該不該去，如果不該去，請說出原因；如果應該去，那請妳支持。

有能力、有方向的反對黨

我支持台灣要有一個有能力、有方向的反對黨存在，如果只有一黨獨大，對台灣也不好，但民進黨這樣的作法不是在搞民主、搞品味，而是在搞民粹。

我對這個事件其實很失望，失望不是針對我個人，我根本不在乎別人說我沒風度、失格，我真的想辭官回花蓮，有沒有官位對我個人根本無關緊要，這跟誰來嗆聲、包圍我家、衛生署，也都無關緊要。我要爭的是原則，是非，而不是些無聊的小動作。

因此，蔡英文主席，請妳說清楚民進黨的中國大陸政策是什麼，並且接受民意的檢驗，那才是民主政治之福。

就在此刻——WHA四分鐘發言手記

在紐約百老匯Plymouth Theatre創下最長上演期紀錄的音樂劇「變身怪醫（Jekyll and Hyde）」中，有一首相當膾炙人口、充滿勵志且啟發人心的主題曲——就在此刻（This is the moment）。

其中有段歌詞是：「就在此刻，我過去的種種夢想、策略與驚喜，都合而為一。當我回首，我將永遠記得，這永遠的一刻，最珍貴的一刻。」當我準備在世界衛生大會上台發表四分鐘的演說之前，我想到的竟然是這首歌。

為了這四分鐘，我花了很多時間準備、研讀並消化許多資料，因為This is the moment，我的夢想終於能實現，這是我背負台灣民眾期望最重要的四分鐘。坦白說，當時我非常緊張、焦慮，為了不讓心跳跳得那麼快，我甚至多吃了一點降血壓的藥，試圖讓自己更加鎮靜。

當時發言的內容如下：

主席先生：

很榮幸能受邀在此發言。我是衛生署署長葉金川醫師。首先，我代表中華台北，恭賀您當選為今年世界衛生大會的主席，我將繼續支持並保持合作。中華台北很榮幸能以觀察員的身分，參與第六十二屆世界衛生大會。我謹誠摯表達對陳幹事長的感謝之意，也感謝祕書處官員的邀請與協助安排事宜。

在現今的世界中，疾病並不受到國界的影響而逕自蔓延，因此國際衛生事務必須仰賴多邊的合作。目前，全世界已經受到H1N1新流感的潛在威脅，此時，中華台北參與世界衛生會議更是刻不容緩。全世界唯有團結合作，才有可能對抗跨國的衛生危機。這些年以來，世界衛生組織在所有國際衛生議題上，一直是個重要且可靠的平台。

●代表團的座位，桌牌寫著「中華台北」和「觀察員」，我秀出名牌給媒體拍照。（圖／行政院衛生署提供）

因此，我們特別珍惜這次機會，希望能夠和世界各國一起合作。中華台北將繼續遵守國際衛生社會的標準與規定，在全球衛生領域中，也將與世界衛生組織的會員國合作。

我們熱切希望，也確實有能力，在世界衛生組織的工作與活動中有所貢獻。關於病毒性肝炎防治、菸害防制與醫療E化，我們都可算是先鋒。我保證從今天起，我們將繼續為國際社會貢獻。我們相信，中華台北參與世界衛生組織的活動，絕對能夠增強全世界處理緊急公共衛生問題的能力。

在疾病管制上，世界衛生組織一直扮演著重要的角色。我們很高興告訴大家，中華台北已經在今年一月，加入國際衛生條例（IHR）的運作體系。對我們來說，這是傳染病管理與防治上重要的一步。對全球而言，在預防傳染性疾病上也少了一個防疫漏洞。我們動員了生物科技與醫藥界一起投入戰場。我們樂意與各位分享我們各項先進的措施與經驗。我完全相信，只要團結一致，我們可以解決新流感的危機。

主席先生，中華台北的參與，不僅對台灣二千三百萬人民有助益，也能嘉惠全世界六十七億人口。我謹再次感謝能有此次機會，學習與會人士共同的寶貴智慧，我們也將貢獻自己的力量作為回饋。我誠摯希望第六十二屆世界衛生大會能圓滿成功。

謝謝，感恩。

不滿意但可以接受

出席世界衛生大會，並不是我個人的事，我並非代表自己，而是代表台灣。很遺憾，我們必須使用「中華台北」的名稱參加，對於這樣的安排，我們並不滿意，但仍可接受。

這場演說稱不上完美，但我已盡力，能代表台灣兩千三百萬人站在舞台上，對著來自一百九十三個國家、二十多個國際媒體，把我們的心聲以及台灣致力於醫藥衛生的努力表達出來，提高台灣的國際能見度，相信這是值得也是必要的。

究竟未來歷史的定位上是對或錯，我沒有百分百的把握，只能留給歷史去評斷。但是至少，我內心深信我是在行銷台灣，希望讓世界各國能更看得到台灣，更了解台灣，更尊重台灣。

●日內瓦的地標——湖畔噴泉。五月十九日當地時間下午六時三十分才結束台灣公共衛生史上最重要的一刻，感覺如釋重負。

●剛從世界衛生大會（WHA）返國後，接受馬英九總統接見，總統開玩笑問我：「有沒有發燒？」我笑著立即退後兩步，比出沒有的手勢。（圖／聯合報系提供）

輯二

行動

Action

透過行動，讓世界感動——WHA出發前的沉思

一九七一年台灣退出聯合國，那年我大四，我還記得那時許多學生上街頭抗議。從一九九七年開始，我們使用各種名義（中華民國、中華民國——台灣、台灣衛生實體、台灣等）爭取加入世界衛生組織也已十二年了，很遺憾，每次都是鎩羽而歸。算一算，距離上一次以「中華民國」名稱參與世界衛生組織至今，已經三十八年之久。

台灣消失在國際舞台這麼久，現在終於可能可以「中華台北」名義做為觀察員參加世界衛生大會（WHA）。但我認為這件事應該要務實些，以免期望太大，失望更大。更重要的是，我們究竟準備好了嗎？

●二００九年五月十五日，參加第六十二屆世界衛生大會（WHA）代表團行前記者會，在行政院新聞局舉行，由蘇俊賓局長主持。（圖／行政院衛生署提供）

國際醫療衛生工作的真諦

我在網路上看到有關連加恩的報導，他在我們外交最困難的時候去當外交替代役，在西非布吉納法索進行醫療服務、籌建孤兒院、開鑿水井、舉辦垃圾換舊衣等，遠遠超過一位替代役男需要做的事。不論台灣有沒有參與世界衛生組織，連加恩都可以擁抱世界，這才是從事國際衛生工作的真諦。

過去，我們有太多的政治操作，想藉著加入世界衛生組織、參與世界衛生大會以顯示台灣的主權。但是，不能把政治當作全部，否則會失去世界衛生內涵中真正的人道關懷。我們必須如連加恩般，藉由行動讓世界感動，讓國際社會對台灣更加尊敬，這才是參與的真正目的。

如果我們只是要求在媒體上有個頭條，秀出我們的代表證、桌牌等，以顯示我們有尊嚴地參與世界衛生活動，走入國際社會，當然這些都是國人長期的期待。但是在重回被隔離三十八年的世界衛生舞台，我們應該好好做一些令人感動、讓人打從內心尊敬的事，才是舞台上成功的一齣戲。

國際衛生是台灣下一步可走的路

台灣消失在國際衛生社會這三十八年來，我們的國際衛生人才嚴重不足，因為沒有機會可以訓練，視野無法更高更遠，跟世界舞台也就愈隔愈遠。如果能參與世界衛生大會，我們應把握這個大好機會，打開這扇門，就像取得門票，不論進場是當觀眾或當演員。

●一九九五年開始實施的全民健保是台灣一項重要的成就，在《全民健保傳奇II》一書中有詳盡的記錄（圖／董氏基金會提供）。

●醫護人員共同響應世界衛生組織（WHO）勤洗手活動。（圖／行政院衛生署提供）

早年的台灣，有很多令國際刮目相看的成就，例如：家庭計畫、婦幼衛生、疾病控制、肝炎防治，甚至在一九九五年實施的全民健保。

只是，過去的種種輝煌、榮耀，不表示仍可繼續保持，畢竟其他國家也陸續跟上，好比我們陶醉在全民健保是世界上最好的制度之一，但是國際評比引用的多為二〇〇〇至二〇〇五年之間的資料，我們捫心自問，即將邁入二〇一〇年了，我們現在是更往前走，還是開始走下坡？

目前健保制度碰到種種限制，使得醫療品質開始受到影響，出現一些停滯不前的徵兆，如果不加以改善，到二〇一五年，全民健保可能會出現很大的問題。

也就是說，各種傲視國際的醫療、公共衛生成就都在過去，我們不能一直陶醉在過去，我們要的是現在與未來，我們需要的是準備好迎向未來，持續締造令國際社會驚歎的傲人成就！

國際衛生應該是下一步可走的路，雖然這不是有利可圖的領域，卻是台灣走向國際、擁抱世界的可能之路。目前我們相關的人力與資源仍很少，但只要我們有長遠眼光，投入更多資源，應當可以走出我們的特色。前提是，我們必須願意付出、培養人才，國人要有共識，願意投入更多，協助改善世界衛生。

不進步，就等著被超越

我經常被問到，台灣與中國大陸有沒有醫療上的差距，我回答：「當然有。」台灣已在一九九五年完成全民健保制度，中國大陸正如火如荼推動中，預計二〇二〇年達成全民醫療保障。

中國大陸目前有三種醫療保險：新農村合作醫療、城鎮居民健康保險、城鎮勞工醫療保險，加起來覆蓋率已經達九成，也就是全中國有百分之九十的人民已經納入保障，不過，離全民健保還有漫漫長路，因為這三種保險對人民的保障很低，且城鄉差距很大。

台灣則不論城市或山區離島，每個人享有同樣的保障，健保費很便宜；而中國大陸城鄉差距大，給付有上限，也有下限。就保險給付

●當時從陽明醫學院畢業的劉嘉逸醫師，在醫望雜誌刊出一幅全民健保開辦的漫畫，生動地描述出當年健保開辦的政治生態。（圖／劉嘉逸提供）

的內容來說，我們的部分負擔約百分之二十，他們甚至高達百分之四十至五十。

不過，如果從個案來看，上海、北京、廣州等大城市的醫療水準，有許多還滿進步的，某些個案可能超越台灣。原因是，他們市場很大，可以往專業化醫院規模發展，例如：有專門開心臟或骨髓移植的醫院，將全國單一疾病患者集中在某幾個醫院，病患量絕對比台大、榮總、長庚多；量多之後就有助於品質改善和醫學研究。假以時日，難保他們不會迎頭趕上台灣。

整體來說，台灣醫療水準比大陸進步二十年，但是，如果我們持續陶醉在既有的成就，認為大陸不是我們的對手，不努力往前進步，他們很快就追趕上來，甚至超越我們。

對內持續改善醫療品質，對外分享台灣公衛成就

看到別人進步的速度，我們沒有自傲的本

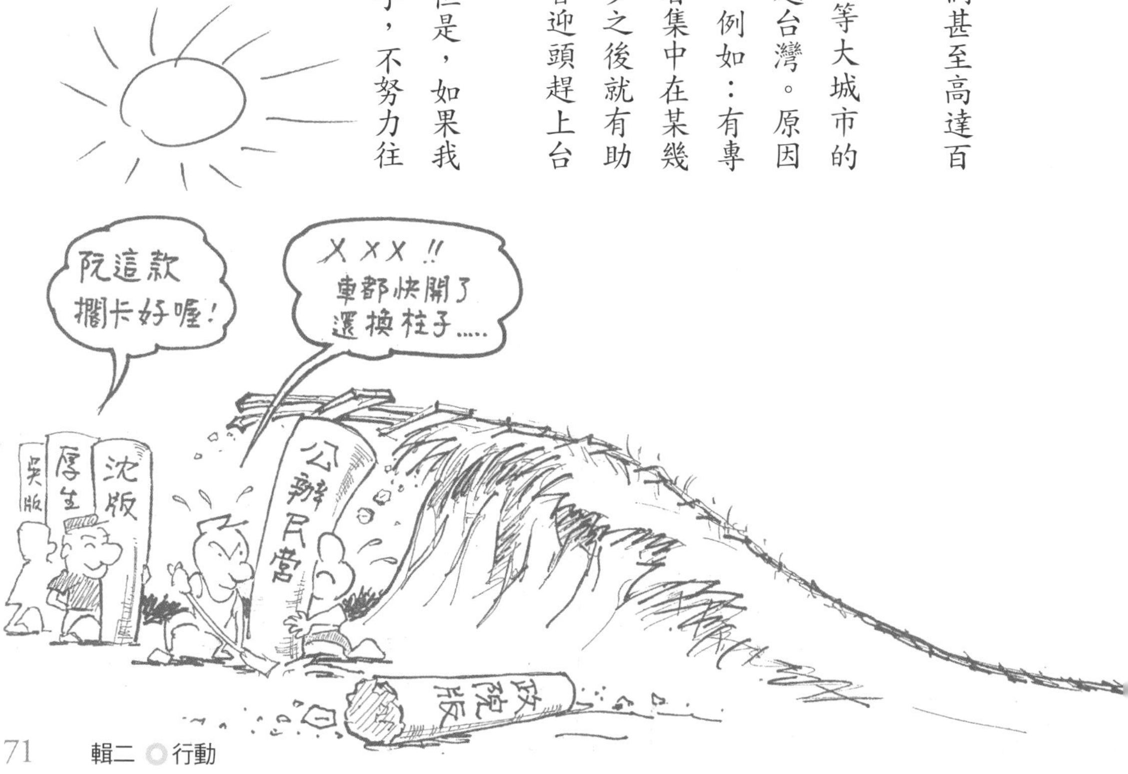

錢，應在這個契機點上往前邁進，我認為有幾個方向可努力：

對內，醫療水準整體而言我們還算不錯，不論在公平性、效率都屬一流，但醫療品質還有很大的改善空間，醫療研發與教學水準也應再加強，不能重臨床而偏廢研究發展。

對外，我們應該把這些成果讓世界知道，跟國際社會分享。過去，我們較少在這方面著力，對於國際衛生的投資與人才培育都偏少，未來應該在這方面多些投入與貢獻，做個負責任的國際社會公民。

成熟社會的象徵

早年台灣受惠於先進國家，如今台灣已擁有相當水準的醫藥衛生品質，當然有義務回饋國際社會。一個先進的衛生醫療國家，醫生除了願意投入研究、教學，還應該願意走入國際，例如當個「無疆界組織醫師」，為第三世界國家投入更多。醫療衛生人才應該走入國際社會服務，貢獻己力，才是成熟社會的象徵。

總之，台灣能參與WHA，只是敲門磚，不過算是我們買到的第一張門票而已，重點是買到門票入場後，未來的夢想是什麼，台灣的醫療衛生該往那走，為了達到這個夢想，我們現在能做什麼，下一步可做什麼，才是關鍵。

我們需要更多有能力的人願意參與和貢獻，社會也應不吝惜給掌聲和支持，當有一個連加恩，就會出現十個連加恩，做出更多令人感動的事，才能逐漸在台灣各角落發酵，變成一股風氣。

參與WHA，只是跨出第一步，唯有掌握契機，突顯台灣在國際衛生的角色，做一個負責任的世界公民，才能在世界舞台上，發光發熱。

留下一些值得台灣驕傲的事

二〇〇八年底，我跟署內同仁討論二〇〇九年應該推動哪些工作。規劃未來之前，我先回顧過去，尤其在公共衛生領域方面，究竟有哪些值得台灣驕傲的事情。因為台灣有可能從一九七一年退出世界衛生組織，在國際醫療衛生領域消失三十八年之後，在二〇〇九年，有機會重新回到國際舞台，回顧過去，特別有一些不同的意涵。

我們希望參與國際社會事務，讓台灣的防疫、食品安全、醫藥衛生等領域有機會得到最新的資訊，跟世界接軌，藉此提高台灣公共衛生水準，保障民眾健康。同時，更重要的是，我們也能向全世界說明，台灣是一個有能力且願意負責任的國家，透過參與國際事務，跟全世界分享我們曾經締造的寶貴經驗，盡一份心力，一起來改善世界衛生的水準。

台灣公共衛生歷史上的成就

從日據時代到現在，我們累積了很多耀眼成就，比較值得一提的是：

●菸害防制法新法正式上路後，將公共衛生層次往前推了一大步，無菸台灣將不再是口號，是台灣公衛史上的另一項驕傲！（圖／董氏基金會

一、傳染疾病、地方病的控制，台灣早在六０年代前就將天花、霍亂、瘧疾、小兒麻痺症等根絕，甚至一些地方病，例如烏腳病、甲狀腺腫大（俗稱大脖子病），也做了很好的控制。

二、人口家庭計劃、婦幼衛生。

三、一九八０年代，最值得驕傲的是肝炎防治，從B肝治療一直到C肝、肝癌等，不論在研究或防治面，台灣都領先國際。

四、一九九０年代，最重要的是一九九五年開辦全民健保。到了一九九０年代後半期，精神衛生方面也做得不錯，接著，緊急醫療救護也迎頭趕上國際水準。

●行政院衛生署在一九八八年起即鼓勵發展社區精神醫療，運用更多的社會資源及人力，其中社區庇護性工作場提供身心障礙者復歸社會，並習得一技之長的就業服務。

五、二０００年至今，最值得一提的就是菸害防制工作有了重大進展，二００九年一月十一日，菸害防制法新法正式上路後，將公共衛生層次往前推了一大步，無菸台灣將不再是口號，可說是台灣公衛史上的另一項驕傲。此外，成立心理健康辦公室也是衛生署最近的一項突破，目的除了積極心理健康促進外，也是在加強藥癮病人治

●結核病防治工作在五〇、六〇年代相當積極，但是一直無法有突破性的進展，直到最近十年減半計劃才看到另一道曙光。（圖／行政院衛生署提供）

療、自殺防治方案、及慢性精神病人的照顧。

這些都是我們過去努力的成果，應該讓世界衛生組織、各會員國知道。過去，除了少數邦交國外，我們較少有機會對國際媒體、國際公共衛生界發聲，更難以在世界衛生大會或專家論壇上跟各國分享台灣的公衛經驗。

協助第三世界國家培訓人才

最近我找同仁討論，如何與會員國分享我們的經驗，如何將寶貴成果傳承下去。我

（圖／董氏基金會提供）

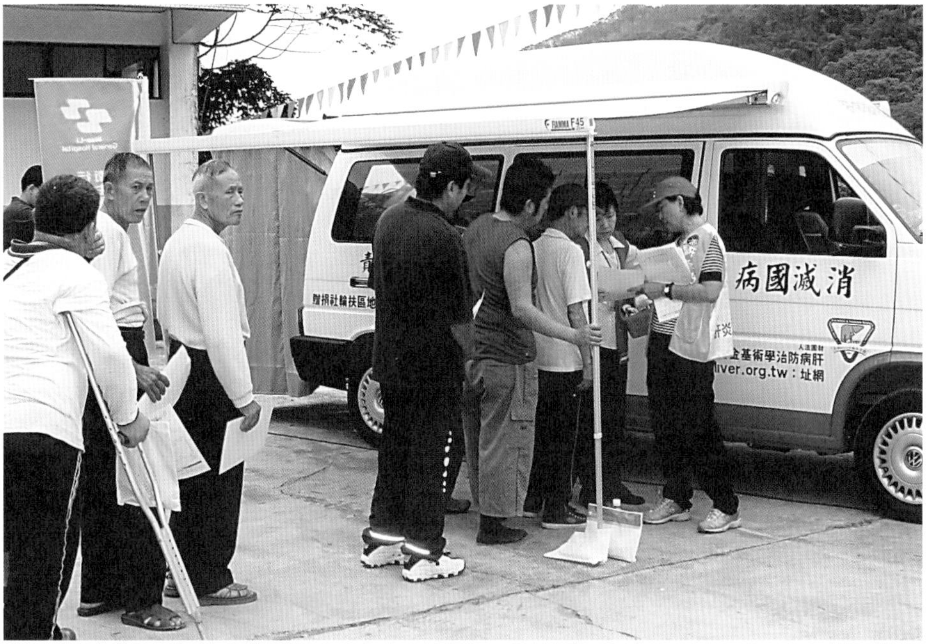

●二00三年財團法人肝病防治學術基金會的肝病篩檢車，開到偏遠的泰安鄉為鄉民做免費義診（圖／肝病防治學術基金會提供）。

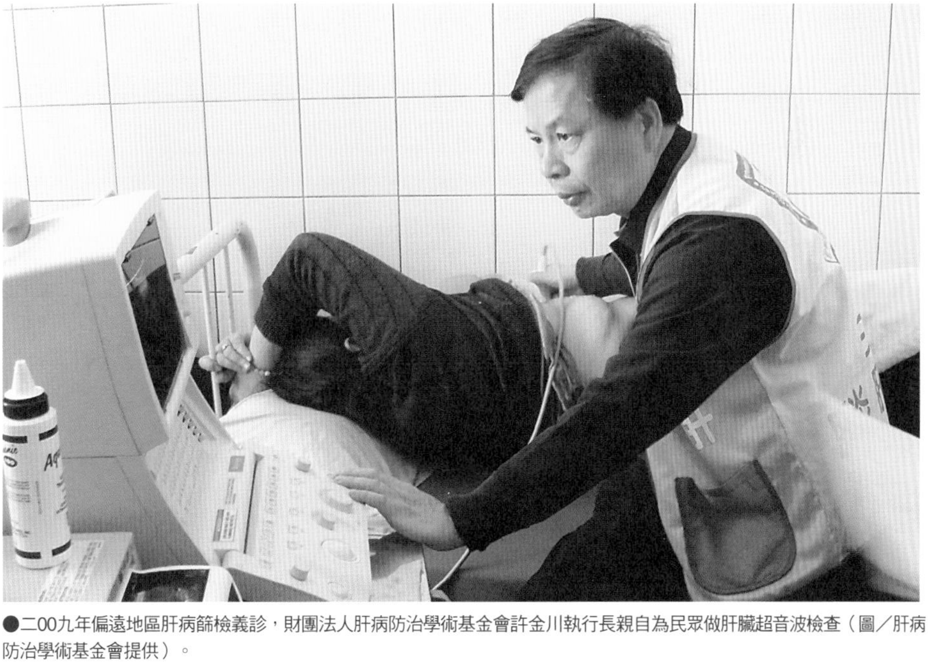

●二00九年偏遠地區肝病篩檢義診，財團法人肝病防治學術基金會許金川執行長親自為民眾做肝臟超音波檢查（圖／肝病防治學術基金會提供）。

●成立心理健康辦公室也是衛生署在二00九年的一項突破。（圖／行政院衛生署提供）

也跟幾位公共衛生界的大老如楊志良、江東亮教授談過，他們認為最有效也最省錢的方式，應該是人才的培訓，有了人才，才有機會去推動這些議題。如果我們專注在提供國際醫療服務，派再多的醫生護士出去義診，也只能救急，無法幫當地國建立制度。如果我們能與國際社會進行相關合作計畫，培訓第三世界國家的人員，讓他們成為種子，回到自己的國家去建立制度，才是比較實際的作法。

所以教授們建議，可以跟世界衛生組織或亞太地區總部（設於馬尼拉）合作，在台灣建立公共衛生的訓練機構，以台灣堅強的資訊科技為後盾，發展醫療資訊產業，將相關成果轉製為訓練教材，就可用最少的經費協助第三世界國家，提升公共衛生水準。

聽了這些建議後，我的感受是，不論公共衛生或醫療、教育、科技等各領域，人才仍是最重要的。台灣的公共衛生能締造種種耀眼成果，背後都有許多公衛領導者與無名英雄，一點一滴、群策群力共同攜手完成。

例如在地方病防治方面有卓越貢獻的陳拱北教授、深耕傳染病防治的許子秋教授、從事肝炎防治的宋瑞樓教授，他們不斷把台灣的公共衛生水準往前推進。但，不是只有這些領導者，還有很多在第一線工作的無名英雄，像是噴DDT的工作人員、鄉下的公共衛生護士、助產士、家庭計劃服務員等，逐漸把台灣從非常落後的公衛環境，轉變成世界上醫藥衛生相當先進的國家。

培養第二波公衛領導者

要幫助其他國家製造另外一個醫藥衛生奇蹟，最主要的工作就是訓練人才。同理，我們自己也該往前走，之後我們會有很多工作需要繼續做，包括成立台灣的食品藥物管理局（TFDA）等。再來，最重要的就是培養第二波、第三波的公衛領導者與工作者。

一九八二年我進衛生署服務時，已經有很多像我一樣的年輕人在第一線當主管，例如黃文鴻、陳樹功，當年只有三、四十歲，就已經擔任主管職務。一般來說，年輕人大約經過兩、三年的行政歷練就可以成熟上路，好好發揮。在這方面，以目前衛生署的現況看來，似乎較為不足。

衛生署應該有個機制鼓勵有潛力的年輕人願意進來，願意投入公衛體系工作，一方面在過去既有的基礎上繼續努力，並且傳承下去；另方面也應開創新的領域，同時將過去的成就帶入國際社會。

讓年輕人有更宏觀的視野，珍惜過去努力打拚的碩果，再經過吸收、整理轉為教材，與國際社會分享我們的經驗，盡一己之力，並且讓全世界都知道，台灣是一個有能力、也願意去承擔國際責任的國家，這是我在二００九年最大的期望與心願。

●成立心理健康辦公室，是衛生署最近的一項突破，目的在加強藥癮病人治療、自殺防治方案及慢性精神病人的照顧。（圖／行政院衛生署提供）

●參與董氏基金會「日子難過，別讓心也難過」記者會，呼籲待業朋友重視自己的心理健康。（圖／董氏基金會提供）。

●一群年輕人到衛生署訪問，雖然是新聞科系同學，但是感覺還是很好，我看到的是未來和希望。（圖／行政院衛生署提供）

●每年六月，台灣進入登革熱流行季節，為加強宣導登革熱防治，二００九年六月十九日，衛生署疾管局特別在高雄市漢神巨蛋廣場舉辦「清除孳生源，創造無蚊好家園」宣導活動。（圖／行政院衛生署提供）

●有鑑於二００三年 SARS疫情造成醫院院內感染，嚴重影響醫療服務，也造成民眾恐慌，因此，衛生署建置「傳染病防治醫療網」，在整軍誓師會議中，感謝二十五家應變醫院宣誓配合國家政策，擔任第一線醫療防疫工作。（圖／行政院衛生署提供）

歐巴馬的健保改革、胡錦濤的新醫改

今年（二〇〇九）四月初，全世界最大的二十個經濟體如火如荼舉行G20會議，有人開玩笑說，在各國幾乎束手無策時，這次的全球經濟衰退肇禍者美國，與在這波金融海嘯中仍持續成長且唯一可力抗經濟衰退的中國大陸，這兩個國家才是會議最主要的對談者。

有趣的是，這兩國也同時為了醫療制度而頭痛，不約而同提出醫療改革方案。

歐巴馬的健保改革

先來看看歐巴馬的健保改革方案：

一、降低醫療費用。美國一年一個人平均花費醫療費用八千美金，台灣約只花費八百美金。美國不只健保費用高，覆蓋率也僅百分之八十五，且持續下降中，目前約五千萬人沒有保險。

二、優先讓兒童與失業者納入保險。

三、五年內全美實施電子病歷。
四、增加健康促進與疾病預防的費用。
五、投資在臨床有效性的研究，設法找到較有成本效益的治療，將錢花在刀口上。
六、病人安全與醫療品質改善。

中國大陸的全民醫療保障

至於中國大陸，目標是二〇二〇年全民都能得到醫療保障。早在一九七八年經濟改革、開放之後，中國就開始進行醫療改革，醫療走向市場化，但是二〇〇五年，中國國務院發展研究中心公開坦承醫改不成功，醫療產業進入市場機制後，醫療服務不進反退，老百姓普遍的心聲是——看病難、看病貴。

也因此，二〇〇六年九月中國大陸實施新醫改，二〇〇九年三月，大陸人大與政協在「二〇二〇年達成全民醫療保障」目標上，提出三年八千五百億人民幣的計畫，希望改善醫療，包含五大手段：

一、補助基層醫療保險，增加醫療保險覆蓋率。目前全中國有九成左右的人多多少少有保險，簡單來說，他們的保險分成三種：職工醫療保險（類似勞保），只在城鎮施行；城鎮居民保險（類似健保第六類）；新農村合作醫療保險（類似農保）。但城鄉差距很大，他們稱為廣覆蓋、低水平。

二、提高保險水平，讓每人每年醫療費用至少有一百二十元人民幣。目前大陸每人每年最低醫療花費約八十至一百元（約台幣五百元），但如果在上海、北京等大都市的職工保險，則每人每年醫療支出可達兩千至兩千五百人民幣（約台幣一萬元），換算一下，他們的醫療支出

●中國大陸的新醫改雖然離我們全民健保還有段長路要走，但不可諱言的，他們已往前大步邁進。（圖／大陸寧波康寧醫院胡珍玉院長提供）

城鄉差距高達二十倍。

三、改善公共衛生體系，尤其是農村地區。

四、改善基層醫療服務，尤其是農村的衛生院（類似我們的衛生所）。

五、改善基本醫療藥物。

大陸醫院改革及藥品流通棘手

其實，中國大陸新醫改中最棘手的，是公立醫院改革以及藥品流通體系，尤其藥品流通這個封閉的產業，才是致命傷，但政策卻沒有觸及。

藥品從生產製造、流通、管理、到病人使用，都有層層關卡需打通，從向中央與省申請審批、地方政府及醫院進藥、醫師開藥、資訊中心統計到藥局調劑藥品，都需要花錢打通關節。假設藥品製造出廠成本一元，賣到病人手裡可能變成四到十元。

●反制「三民主義統一中國」的樣板，台灣全民健保與中國大陸醫改果然是差很大的兩個制度。

而且，中國大陸醫療支出中約有一半是花在藥品成本。

中國大陸正在走台灣過去經歷的路

這情景很像我擔任醫政處長時的台灣（一九八二至一九九〇年），醫生收紅包、藥品有回扣。衛生署也進行醫療改革，從一九八二年開始進行基層醫療保健計畫、省市立醫院改革計畫、醫療網計畫、制定醫療法等，直到一九九五年實施全民健保。

這些歷程跟目前大陸要做的公共衛生、醫療保險、基層建設頗為相像。雖然大陸發起的新醫改距離我們心目中全民健保還有段漫漫長路，但不可諱言，他們正在往前邁進。

美國醫療保健體系已無藥可救

再來看美國歐巴馬的醫療改革，美國二〇〇八年花了二點二兆美金（約七十兆台幣）在醫療保健費用，這簡直是天文數字，台灣大約花費八千億。如果美國再不處理，到了二〇一七年，估計將花費四兆美金。

所以歐巴馬提出節流策略：降低藥價、節省藥費、降低社會醫療保險的支付，避免浪費、減少住院率，降低醫療支付，給醫師的費用要減少。

開源部分，擬增加年收入二十五萬美金以上有錢人的稅，增加財源。但歐巴馬打算增加更多投資，包括全美實施電子病歷、增加有效醫療的研究、健康促進與疾病預防、增加失業人口與兒童的健保。

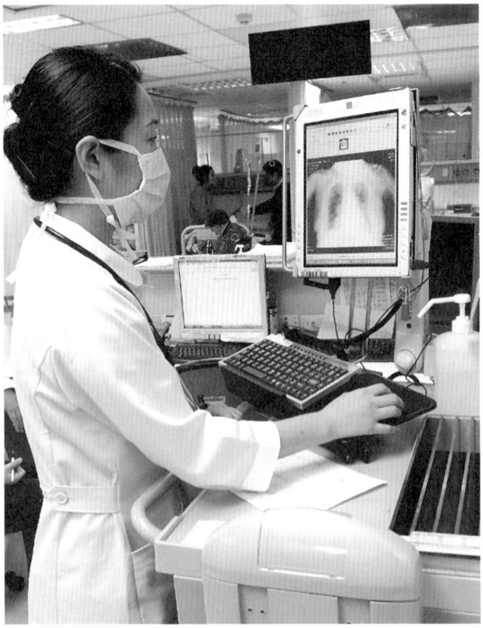

●台灣運用科技幫助醫療，包括影像電子化、病歷資料及影像交換、使用IC卡與RFID、透過遠距醫療的技術來改善醫療服務，這部分可說遙遙領先美國。

台灣健保制度領先國際

看完美國與中國大陸之後，我想談談台灣的二代健保改革。

我們當然也是強調開源節流。病歷電子化本來就計畫五年完成，至於健康促進與疾病預防，我們做得不太夠，應該增加，所以我現在把菸捐投入預防保健與弱勢族群，且放很多錢在論質計酬與改善醫療品質。

台灣跟美國一樣，注重減少浪費、改善品質、投資健康促進與醫療保健、病人安全、病歷電子化，我們提出「智慧台灣」，運用科技幫助醫療，包括影像電子化、病歷資料及影像交換、使用IC卡與RFID、透過遠距醫療的技術來改善醫療服務，這部分台灣可說遙遙領先美國。

此外，美國與中國大陸都面臨必須增加覆蓋率的問題，台灣沒有這問題。而美國還有個最大的問題，在於必須設法降低醫療費用，相對而言，台灣可說相當便宜，我們該做的是提升效率與品質，加強投資在有效率的醫療。

在醫療保健服務上，我們可說是遠遠領先大陸及美國。大陸的步調晚了我們二十年，美國正在努力的項目中，有些我們大部分早已達成，有些我們還需努力，包括品質、科技研發與預防保健。

穩健財源才能持續確保醫療品質

但是，我們不能滿足於目前的成就，應該多做些努力。

我認為在醫療制度上，台灣有足夠的條件領先世界各國，至少在方向上（品質、效率、科技、預防保健）我們走對了。

●如果我們仍天天講藥價黑洞、醫療浪費，似乎是真的對健保沒有信心，但如果跟美國與大陸相比，我們的全民健保仍可說是世界上最好的制度。

台灣目前遇到的瓶頸，其實是民眾信心不足，如果天天講藥價黑洞、醫療浪費，好像台灣快亡國了，但如果跟美國與大陸比，我們的全民健保可說是世界上最好的制度，遠遠超過G20中兩個最強的經濟體。

政府可加強跟民眾、輿論、意見領袖的溝通，如果只看個案執行，而不去確認大架構是否正確，這樣的評估不是評估，而是找碴。就好像全世界最好的教育制度也會有老師鬼混，全世界最好的警察制度也會有警察做壞事，再好的制度也不可能不會出現個案、特例。

台灣健保的主要問題是財務不穩定。節流當然一定要持續做，但不可能取代穩定財源，菸捐已經要做了，一年有一百億，雖可暫時熄火，但火仍將繼續燒，最終仍需穩定的財源。

目前健保財源基礎來自薪資，這注定不足以維持公平、有效率與品質的制度，除非大家願意讓醫療服務和品質不斷縮水。如何在公平、效率與品質之間達到平衡，這是一項不可能的任務。資源有限，需求無窮，因此不可能有完美解決之道。

我的結論是，台灣要設法有穩健的財源，令世界各國稱羨的台灣健保制度才能永遠保持領先。

H1N1的學習與歷練

今年四月中旬，H1N1新型流感從墨西哥傳出，且疫情逐漸升溫，那時傳出的死亡率很高，約有百分之六至百分之七。六月初，我們回顧整個防疫過程，針對國內外疫情處理方式，進行檢討。

防疫措施要採實證科學

先說國外，整體來看，亞洲國家因經歷過SARS，反應比較嚴謹，相較之下，亞洲以外的國家較缺乏經驗。剛開始，病毒來勢洶洶，墨西哥死了五、六十個人，死亡率高，確實令人感覺可怕。世界衛生組織不斷強調各國防疫措施要採實證科學，可是，實務上，有些措施如今檢討起來，很明顯缺乏科學根據，最典型的例子就是埃及，將全國三十多萬頭豬殺掉，有兩種可能，一種是疫情判斷錯誤，另一種是藉此做為政治整肅的手段，因為埃及人多為回教徒，不吃豬肉，這些豬是異教徒養的，當局者想藉此整肅異己。

另外一個很明顯不按科學實證處理的作法，就是禁止豬肉進口，包括俄羅斯、中國大陸等十一個國家，這是想當然爾、直覺的決策，因為名稱叫豬流感，當然要禁止豬肉，即使世界衛生組織與四大組織（包括世界農糧組織、世界衛生組織、世界動物衛生組織以及世界貿易組織）都不斷強調這跟豬肉無關，吃豬肉是安全的，照樣

拯救生命
Save Lives : Clean Your Hands
請先洗手
行政院衛生署
衛生署疾病管制局
響應WHO醫護人員手部衛生運動
洗手是預防
院內感染
最好的方法
洗手五時機
接觸病人血液、體液後
接觸病人前
執行無菌技術前
接觸病人環境後
接觸病人後

●「拯救生命，請先洗手」立牌放置各大醫院門口，強力提醒民眾洗手是預防傳染病感染的最好方法。

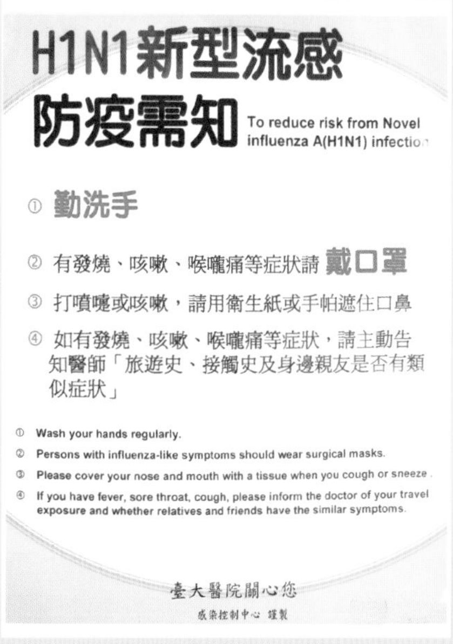
H1N1新型流感

防疫需知 To reduce risk from Novel influenza A(H1N1) infection

① 勤洗手

② 有發燒、咳嗽、喉嚨痛等症狀請 戴口罩

③ 打噴嚏或咳嗽，請用衛生紙或手帕遮住口鼻

④ 如有發燒、咳嗽、喉嚨痛等症狀，請主動告知醫師「旅遊史、接觸史及身邊親友是否有類似症狀」

① Wash your hands regularly.

② Persons with influenza-like symptoms should wear surgical masks.

③ Please cover your nose and mouth with a tissue when you cough or sneeze.

④ If you have fever, sore throat, cough, please inform the doctor of your travel exposure and whether relatives and friends have the similar symptoms.

臺大醫院關心您

感染控制中心 謹製

●勤洗手是預防新流感的首要衛生習慣。

有許多國家禁止豬肉進口。

我們並沒有這樣做，一開始我們就決定不要稱「豬流感」，定名為「H1N1新型流感」，後來世界衛生組織受不了各方壓力改稱為「A型流感（H1N1）」。可以說，我們比世界衛生組織早幾天正名。

為什麼跟豬沒有關係？因為病毒是歐亞豬流感的基因，加上美洲豬流感的基因，加上一小片人流感的基因，以及一小段禽流感的基因重組而成，早就不是純粹的豬流感，而是源自豬流感的新病毒，這個病毒在人與人之間傳染，已經跟豬無關，即使在加拿大有農夫將這病毒傳回給豬，豬是被傳染而不是帶原，所以仍跟豬無關。

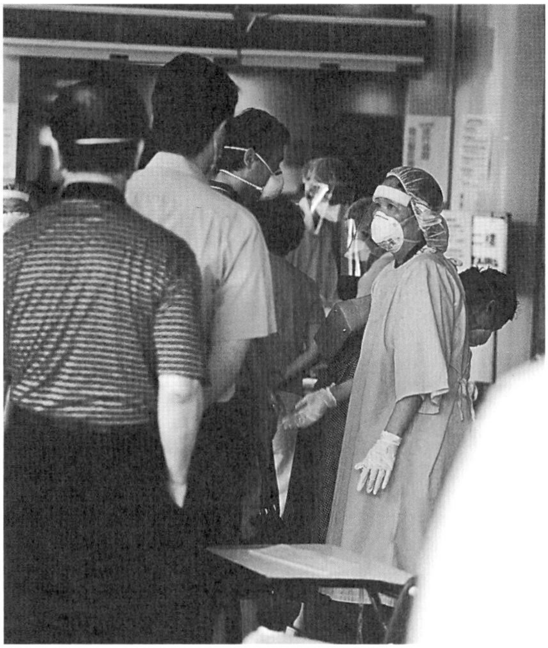

●亞洲各國歷經SARS危機後，對相關防疫工作更加嚴謹。

●劉院長、邱副院長、薛祕書長到疾病管制局國家衛生指揮中心瞭解作業情形。（圖／行政院衛生署提供）

防疫過程中過與不及之處

回頭看亞洲，香港當局作了封旅館的決定，可能因為SARS的陰影，才採取如此大動作。

不過，從媒體與社會觀感來看，這種超大動作的決策，大到全世界都以為香港淪陷了，沒人敢去，全香港居民也都草木皆兵。至於中國大陸限制墨西哥人入境，這也令人相當不解。

那台灣呢，在這段防疫的過程中有沒有過或不及之處？我認為有幾點值得檢討。

一個是民眾搶購口罩。這表示我們的宣導與民眾的認知之間可能存有落差，或有時差。大約一個星期左右，大家都在討論口罩夠不夠。口罩本身不是個議題，口罩沒有不夠的問題，口罩指數就是驚慌指數。我們沒有很快讓民眾減少恐慌，這是我們比較大的問題。後來國家通訊傳播委員會（NCC）跟新聞局幫忙，安排每天兩分鐘的廣播，花了點時間才讓民眾冷靜下來。我們不斷宣導，洗手比戴口罩重要、生病的人才要戴口罩、戴口罩不要趴趴走。

此外，事件剛開始時，大家很緊張，做法也相當嚴謹，例如署立花蓮醫院，將六位沒有出現任何症狀的大陸觀光客接觸者送進負壓隔離病房，理論上不需如此，只要接受觀察，在旅館或家裡隔離就可以。但醫院認為，反正這幾位觀光客接觸者也沒地方去，負壓病房也有空床，就住在那裡觀察。這樣的說法也沒有不對，只是觀感上的問題，住在負壓病房，圍上類似刑事現場的黃色警戒線，經過媒體不斷報導，弄得草木皆兵，徒增社會的不安和恐慌。

接觸者的定義定得太大

之後疾管局做登機檢疫，日本先執行，台灣跟進，針對少數從美國、墨西哥回來的班機檢疫，一開始這樣做也無可厚非，但如果要全面執行，不可能做到，因為沒有這麼多的人力，且會嚴重影響機場所有航班的秩序與時間。要知道，只量體溫並不能百分之百找到感染者，會有漏網之魚，因為有些人還沒發燒仍可入境，病毒有潛伏期，入境後仍會到社區，那時我們就知道會出現這個問題。

●H1N1不可怕，恐懼的傳播才可怕！當台灣發生疑似新流感確診首例時，我與媒體記者溝通，請記者朋友不要寫我們「淪陷」，以造成民眾莫名的恐慌。（圖／行政院衛生署提供）

我們將光復國小師生全部放假七天，一百多個幼稚園小朋友全部投藥，那時有兩種不同的論證，一派說法認為我們將接觸者的定義定得太大，一個小孩發燒，變成一百多個人吃藥，全校一千四百多個都要觀察，對我們的決定不以為然。

後來我們認為一千四百多這數字還可接受，如果是十萬人或一百萬人，恐怕就無法這樣做。日本是兩百萬個學生放假，可以看出，每個國家的政策都是小心謹慎。

光復國小的事件，後來證實，的確沒有必要如此做，不過我們認為這是第一次，擔心引發社區傳染，所以嚴格辦理，看後續的結果再進行分析，這樣就可知道這裡面有多少人會發燒，會找到幾個確認病例。後來證實全部都沒有，沒有半個學生被感染。

●衛生署與中央研究院簽署H1N1新型流感防疫合作計畫。（圖／行政院衛生署提供）

秋冬可能的大流行

現在防疫重點已經轉到秋冬可能的大流行該如何因應。

藥品的問題比較容易解決，克流感原料八角酸可以放十年，製造完之後還可以放五年，現在多買不會浪費。另外，抗病毒用藥Relenza也買了六、七億。

疫苗這部分則必須做好決策，我們決定買一千萬支疫苗，先買兩百五十萬支，再買七百五十萬支，這有經過估算。究竟兩千三百萬國人需要量有多少，打多少才夠，因為注射疫苗有所謂群體免疫效應，愈多人打傳播速度就會變慢，不一定要所有的人都打，理論上七成接受注射即可，有些人不敢打或不可以打、不需要打，一支兩百元左右，一千萬劑最多要花到二十億。

這個錢不會白花，就跟買戰機一樣，屬於國家安全的支出，且已經比原來預估：如果爆發禽流感需花兩百億，相較之下已經少了很多，禽流感的傳染力與死亡率可能比新型流感高出很多。

目前約有二十個國家跟我們一樣進行準備，下單買疫苗，H1N1新流感還在發展之中，預估秋冬是關鍵期，究竟我們這樣的準備對不對，沒有人敢預估，底牌目前還沒掀開，到年底才會得知。

不過，整體來看，我們的作法中規中矩，雖然不是最嚴格，但仍屬於比較嚴格的國家。有些國家如英國、日本比我們還嚴格，對未來準備得更多。我們跟二十個先進國家差不多，跟我們最像的是澳洲，澳洲有兩千萬人，準備了一千萬劑。

同時，我們也將一般流感疫苗的採購量從三百二十萬劑增加到五百萬劑，一支一百多元，可供六十五歲以上以及國小學生、幼兒施打。

防疫寧可多一點準備

我身為這場戰役指揮官，判斷必須很精準，寧可多一點準備，未來防疫的歷史中，可以把這過程當作一個教材或歷練。

SARS讓我們付出將近三百億，六十九條生命的昂貴學費，H1N1到目前為止沒有疫情，但錢還是要花，就當作學費，當作致死率高、傳染力高的大流行疾病的決策參考，這個經驗相當寶貴，錢不會白白浪費掉。

台灣進入夏季，疫情可暫時趨緩，我們究竟準備得夠不夠，可以南半球的國家如澳洲做為指標，觀察這些國家的疫情狀況就可推測，且我們冬天比北方國家晚一個月，也可從北方國家如日本、韓國、大陸北方當做觀察指標，必要時進行調整。

總之，進行H1N1新型流感防疫工作，這經驗不僅寶貴，也是一個難得的學習與歷練。

候診三小時，看診三分鐘

「候診三小時，看診三分鐘」，你一定沒想到，這不是指台灣，而是日本人對他們國家醫療制度所提出的批評。我們在公勞保時代被批評為「三長兩短」，現在較少用這樣的說詞。其實，不只日本，韓國、中國大陸也是這樣，顯然這個現象不是台灣獨有，而是東亞國家的通病。

西方人很納悶，他們看病初診要看半個鐘頭，每次看診至少十五分鐘，無法理解為什麼我們看病要等這麼久，好不容易看到醫生，看診就匆匆結束，這是我們全民健保最被國外人質疑的地方。

●參加APHA大會，與世界衛生組織Social Determinants of Health 委員會主席Sir Marmott會談情形。（圖／行政院衛生署提供）

全民健保站上國際舞台

最近，普林斯頓大學國際論壇主持人Tsung-Mei Cheng訪問我，主題是全民健保，她非常推崇台灣全民健保制度，並將文章刊登在醫療經濟學領域權威雜誌《Health Affairs》，我們的健保制度能被刊登在這麼知名的學術雜誌，對於台灣來說，也是一大成就。今年七月十五日，「世界健康醫療經濟學會」於北京舉行，在這場會議上，Tsung-Mei Cheng很努力推薦台灣全民健保的經驗，再度讓台灣站上國際舞台，身為衛生署長，我很引以為傲。

台灣的健保制度，制度的設計與執行應是世界一流的，特別是公平性、效率與成本，但其中，最被質疑的是醫療品質。

要吃大餐還是天天有便當可吃

台灣平均每人每年看十五次病，一次約三分鐘；美國每人每年只能看七次病，一次看十五分鐘，兩相比較，結果其實差不多，美國民眾全年能夠看醫生的時間大約六十分鐘，台灣則大約四十五分鐘。但是，醫療費用方面，兩者卻差很多，美國每人每年平均七千美金，台灣只有九百五十美金，美國是台灣的七倍多。

除了從可近性、費用、整體面討論醫療品質之外，還要從病人的感受來看。要比較，也不只是比較一次就診，單從某一個點來批評，這樣的比較是不公平的。如果從總體看，我們就醫的方便性與醫療成本都遠比美國好，此外，病人是否更健康、更滿意、更公平，我們有沒有照顧到全台灣兩千三百萬人，美國有沒有照顧到全美三億人口，其答案很清楚，我們遙遙領先。

打個比喻好了，這就好像我們在路邊攤吃便當，只需要五十元就可解決一餐，如果改去高檔餐廳吃法式料理，一餐至少需二千元，兩相比較，我依照自己的能力，每天吃五十元便當，整年都可填飽肚子，所以上高檔餐廳，不見得就是很好，畢

●台灣平均每人每年看病十五次，一次約三分鐘；美國每人每年只能看四次病，一次看十五分鐘，看病總時間相去不遠，但在醫療費用上，卻差很多，美國是台灣的七倍多。

竟多數民眾負擔不起這樣的高檔消費。

台灣與美國的醫療保險就像這樣，美國的醫療費用很高，就醫可近性低，能付得起的人少，如果讓我自由選擇，寧可選擇每天都吃得起的五十元便當，這樣才付得起，品質也還可以。

對台灣全民健保夢寐以求

過去幾年來，就因為Uwe Reinhardt和 Tsung-Mei Cheng這對教授夫婦不斷幫台灣宣揚我們健保制度的優點，他們是知名經濟學家保羅克魯曼（Paul Krugman）的同事，二〇〇五年，克魯曼就在紐約時報撰文讚許台灣的健保制度，上個月他來台灣訪問，我曾為他進行十分鐘的簡報。他做了個譬喻，台灣的全民健保就像一匹快馬，美國的健保就像駱駝，長了兩個峰，既不公平、走得又慢，可是，現在已經無法將駱駝變成快馬了。

為什麼我們的制度像一匹馬？至少我們在負擔的公平性、就醫的可近性以及醫療費用方面多獲得肯定，去年年底，我有機會去美國參加美國公共衛生協會年會，協會祕書長Benjamin邀請我在大會開幕式做三分鐘的致詞，對著台下數千人介紹台灣，其中有一段我是這麼說：

「雖然台灣是一個很小的國家，我們相信，我們醫療照護的經驗對很多國家來說是有用、有價值、可學習的經驗，例如：我們在一九九五年開辦全民健保，這是一個全民的、單一制度的、以保費為主的社會保險制度，截至目前為止，保險人口涵蓋率百分之九十九，百分之七十的被保險人滿意這個制度，我們花了百分之六點二的GDP在醫療照顧上，但是，我們達到跟美國一樣，甚至更好的醫療健康水準。」

短短這段演說，我被台下聽眾掌聲打斷了五、六次，參與公共衛生協會的

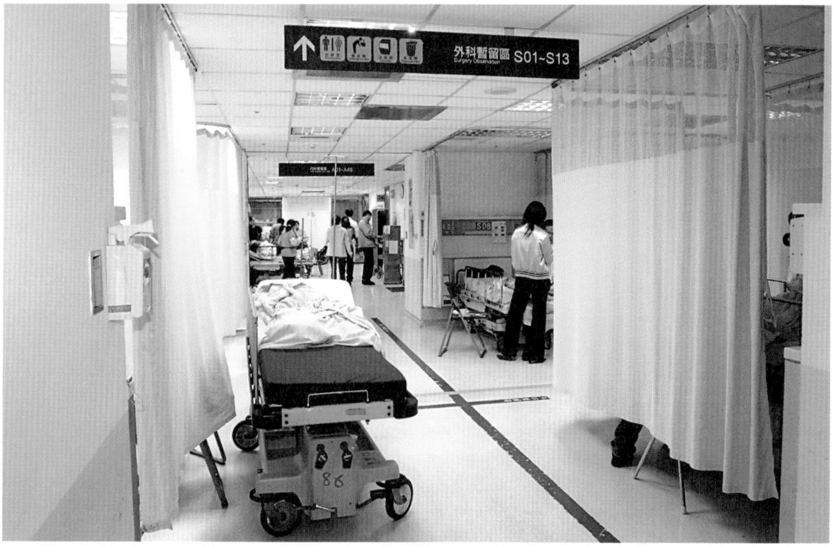

●「迫在眉梢」這部電影突顯出美國醫療制度及醫療費用昂貴的殘酷事實，相對的，台灣的全民健保努力提供公平、正義、方便可及的醫療制度給國人。

人多傾向支持加強社會福利制度，他們給予熱烈鼓掌，因他們做不到。這表示連美國這麼強盛的國家，對台灣的健保也給予高度推崇。

貧困大國——美國

今年三月有本新書《貧困大國——美國》，作者是紐約州立大學國際關係論學博士、日本知名時事評論家堤未果，書內提到美國貧窮的問題。

在一般人的認知裡，美國應該是個富裕大國，何時已淪落為「貧困大國」？其實她在討論美國貧富差距日益拉大、社會呈現兩極化的現象，貧困已成為美國當前最重要的社會問題。

書內第一章提到，不健康的肥胖是貧困的象徵；第二章提到自由經濟引發經濟難民，年輕人負債累累，整個國家沒有任何儲蓄；另外一章則觸及醫療保險制度，因生病而淪為貧困階層的人比比皆是，這是美國醫療制度所造成的後果，在美國，申請個人破產的民眾中，有六成是付不起醫療費用所致。

多數人不太熟悉美國社會整體現象，作者因長年旅居美國，她的觀察相當切合實際。假設這本書的說法有所偏頗，那我們來看一部電影「John Q」，中文譯名「迫在眉梢」，對美國醫療體系的描述。

迫在眉梢

這部電影係由丹佐華盛頓擔綱男主角，描述他的小孩患有心臟病，需換心，他有工作，全家也都有買私人健康保險，但健保公司說，他的保險不包括心臟移植，面對龐大的醫療費用，男主角為了讓小孩有機會做心臟移植，他持槍挾持急診室的人，喝令醫療人員一定要救治他的兒子。在等待能否移植的過程中，男主角說，反正他已經犯罪，要去坐牢，所以他想自殺，再將心臟移植給他的孩子。結果，該醫院的行政院長決定，將這名小病人放入移植名單，恰好有個女生車禍死亡，經過比對吻合，可以接受移植。

這部電影描繪出美國真實的社會現象，可以跟《貧困大國——美國》這本書互相呼應，突顯美國醫療制度內一個殘酷的事實，有錢才能得到治療，沒錢只好等死。

在美國這麼富裕的社會，因為醫療設計的偏差，導致政府無法約束私人保險公司與私人醫院，無法提供一個公平、正義、方便可及的醫療制度給美國民眾。

珍惜我們的國寶

在台灣，我們應該慶幸我們擁有全民健保，這項社會制度的保障，是台灣的國寶，是台灣最珍貴的社會資源。

台灣能夠站上美國公共衛生協會如此重要的國際舞台，國際最知名的醫療經濟學術刊物，能以專文來介紹台灣的健保制度，靠的是我們的實力，我們的優異表現。

轉動關懷，轉動愛

有一天我回到家，發現小兒子有個腳踏車照明燈，平時他上學都騎腳踏車，我總是跟他說，要注意安全、要戴安全帽、腳踏車頭要有照明燈、後面要有反光片，所以當我看到這個照明燈，以為他自己去買的。直到有一天，我辦公室桌上也出現一個相同的照明燈，我一看到心想：「兒子的腳踏車照明燈怎會放在這裡？」

原來，這是台灣血液基金會送給捐血者的小禮物，上面印著：「轉動關懷，轉動愛」，我才知道上回看到的照明燈，是兒子捐血得到的小禮物。我問他什麼時候開始捐

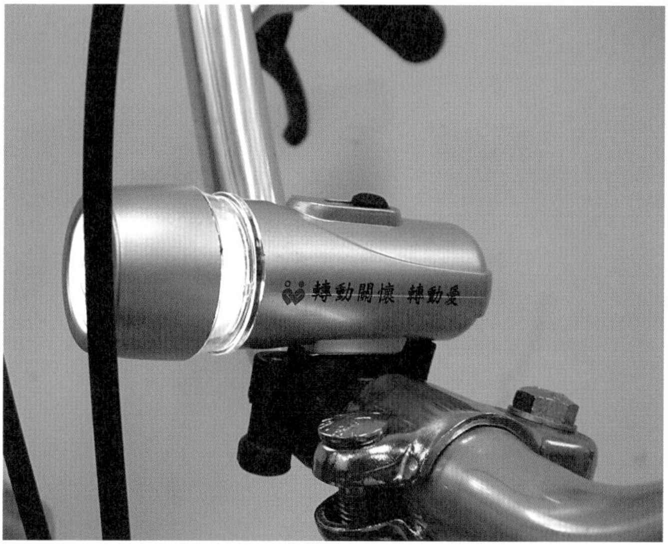

●腳踏車的照明燈——「轉動關懷、轉動愛」。

血，兒子說：「滿十七歲當天就去捐了，每三個月捐一次，一次五百西西，經過一年，我已經捐了八個單位。」

我為這事引以為傲的是，台灣社會擁有這樣豐沛的草根力量，由下而上形成某種民間運動，這些活力促使台灣步步往前進步。

賣血是社會落後的表徵

我回想起一九七五年，我在台大醫院當實習醫師時，台大醫院血庫經常缺血，需要血液時，除了醫學生主動捐血，還有許多血牛在急診處等著賣血，往往醫生還沒開處方，這群血牛就自行幫忙驗血、抽血，甚至輸血了。

開刀時，實習醫師要去拉鉤（協助醫生執行開刀手術及傷口吸血等），拉回這台換下台，每天都很累，開刀房後面有個休息室，總擺放許多食物像是肉粽、貢丸湯等，我們以為醫院很體貼，準備許多食物讓醫生開完刀可以吃，後來才知道，這些食物是血牛準備的。

到了一九八二年我當衛生署醫政處處長時，各醫院仍充斥血牛。那時全台有十家省立醫院，也設有血庫，由紅十字會負責經營賣血，當時每袋血二百五十西西，血牛可拿到高達新台幣一千元的營養費。

賣血是相當落後的社會表徵，特別是由紅十字會賣血，這是現在無法想像的。我在醫政處長任內決定要關閉這種落後制度，不過，仍需要民間配合。

我不認識你，但是我謝謝你

那時，有群熱心的民間人士，主動發起改革運動，成立中華民國捐血運動協會，我記得當年的季理事長非常熱心，不斷籌劃相關活動，宣導大家應該自願捐血，藉此破除醫院賣血陋習。當時有許多耳熟能詳的廣告詞像是：「我不認識你，但是我謝謝你。」、「捐血一袋救人一命」等。來自草根的力量一點一滴凝聚，自願挽起袖子捐血的人愈來愈多，當社會大眾捐血量逐漸足夠時，政府隨而跟上，我決定下令禁止各醫院使用有酬捐血人（血牛）的血液。

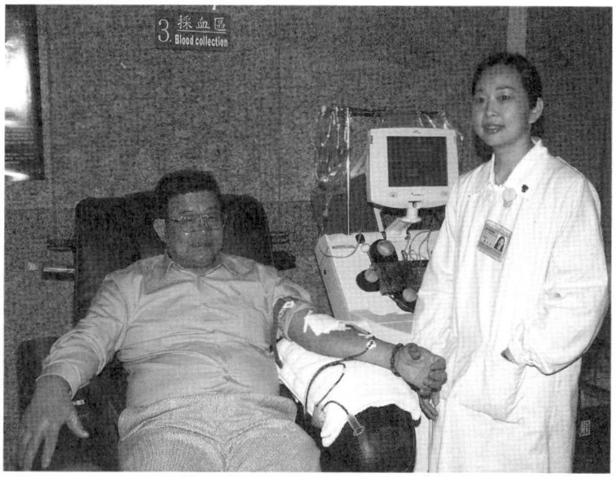

●全台灣捐血次數最多的人——張國森，三十年來捐血次數已高達一千多次。（圖／台灣血液基金會提供）

●「我不認識你，但是我謝謝你」是一九九０年耳熟能詳的廣告詞，也因廣告的宣傳，不分老少在心中種下「捐血」觀念，自願捐血運動在台灣蔚為風潮。（圖／台灣血液基金會提供）

●為了帶動捐血風氣，孫越代言捐血活動，鼓勵民眾做個快樂捐血人。（圖／台灣血液基金會提供）

一九八一年末到一九九一年初，賣血者逐漸銷聲匿跡，不到十年，透過草根運動就把一個很落後的賣血制度，成功轉變為自願捐血運動，在台灣社會蔚為風潮。就像我兒子從十七歲開始捐血，從沒間斷，我卻不知道，很可能他從其他地方獲得這樣的訊息，訊息藉由各種傳播方式，不分老少，在心中種下了「捐血」的觀念。

至今，全台灣每年有百分之十二的人次捐過血，其中，扣除多次捐血人次，捐血人數占了全國人數百分之六。就自願捐血這部分，台灣已可媲美其他先進國家，堪稱最成功的社會運動之一。

在寧靜中打造優質社會文化

草根力量是促使台灣進步的原動力，帶著台灣往前走。除了捐血運動，環保運動也是其一，默默地在民間社會自然發酵，產生力量。

現在的環保署在早年仍只是衛生署底下的一個機構，稱為環保局，其前身是環保處。民國七十六年，環保署成立，第一任署長是簡又新，剛成立時，幾乎每天都有抗爭活動，要求政府正視環保議題。經過二十多年，如今環保意識早已深入社會各角落、各社區。最明顯的例子是，早期備受輕蔑的「撿破爛的人」，現在被稱為「環保尖兵」，從事的是被視為懂得惜福、對保護地球有貢獻、具有某種神聖意涵的工作。

這樣的信念與價值，由下而上，寧靜而緩慢地落實在每個團體、社區與各個角落，甚至落實在每個人心中，「我們只有一個地球」的環保觀念，早已說服每一個人且奉為圭臬。

每個人都是主角

菸害與消費者保護運動就不一樣了，偏向於菁英領導者推動，從上往下介入，逼得政府暨立法者跟進。社區發展雖不是很成功的社會運動，進行得相當緩慢，但仍有很多成功的個案，就是一群熱愛自己社區的人，主動站出來關心社區，熱心投入各種活動，營造社區凝聚力。

此外，現在有個安靜無聲的草根運動正在持續

●（左）到達關渡碼頭，賴進祥主祕依慣例先去餐廳喝啤酒補充水分；（右）腳踏車風潮無聲無息持續進行中，我與同仁在大稻程碼頭集合，準備騎單車遠征。

進行，那就是腳踏車風潮。不需要菁英領導，沒有人登高疾呼、強力推動，電影「練習曲」、總統馬英九、捷安特董事長劉金標，都只是整個活動的一環而已，他們都是配角，在這股腳踏車風潮中，許多人自動自發，不需要任何口號，自然而然加入腳踏車行列，他們才是主角。

●我與董氏基金會終身義工孫越、陳淑麗在從事菸害防制運動時，沒想到有一天，菸害防制也可以形成法令，讓公共場所室內再也聞不到菸味。（圖／董氏基金會提供）

這些來自民間、草根的無聲運動，就是台灣進步的原動力，有些看不到，也未必明顯感受得到，但經過自然的傳播與說服，很多人因此被感動了，進而改變行為、生活模式與價值觀。

這種例子不勝枚舉，台北捷運內不管人潮多擁擠，市民們自動排隊等上車，車廂內年輕人自然讓座等，一點一滴形塑出一個社會的優質文化。

社會會往前進步，只要多點耐心

其實，這個社會一直在改變，只是速度比較

●腳踏車是近來最流行的運動，圖為董氏基金會在高雄市美術館特別舉辦的二００八年憂鬱症篩檢日「健康奔馳，追風抗鬱」心理健康路跑暨單車活動，我與活動代言人羅時豐、阿Ben一起準備出發抗鬱！（圖／董氏基金會提供）

緩慢，需有耐心，經過適當地孕育，總有一天會生根萌芽。當我是醫學生時，無法想像有一天醫院內的血牛會銷聲匿跡；我從事菸害防制運動時，也無法想像有一天，菸害防制可以形成法令，讓公共場所室內再也聞不到菸味；環保署成立時，也無法想像現在環保意識已經在每個人內心萌了芽，成為主流價值與信念。

社會是不斷的在往前進步，只要多點耐心，經過長期累積與醞釀，總有一天會生根、茁壯。

相信台灣，大家一起來，台灣終究會成為優質而成熟的社會。

輯三

邂逅

Encounte

●運動是我紓壓的好方式，圖為二００八年，我與董氏基金會董事長謝孟雄、台北醫學大學醫學系教授陳永興、藝人羅時豐、葉歡、財經主播陳斐娟共同呼籲民眾用運動紓解自己的壓力！（圖／董氏基金會提供）

生命中的每一個美麗

山友小楊寄來一篇登山心得給我，其中有段提到：「生活是追隨與欣賞對生命中的每一個美麗」，這句話是蘇格拉底對生活的看法，至理名言，令人印象深刻。

最近另一個令我感動的人，是來自蘇格蘭默默無聞的歐巴桑蘇珊鮑爾（Susan Boyle）。她在英國的才藝秀中唱了一首「悲慘世界」音樂劇中的名曲「I dreamed a dream」（我夢了一個夢），一炮而紅。

生活快不快樂不是絕對的

她的唱功跟一般聲樂家差不多，並不特別突出，她外型鄉土，這跟民眾對歌手的印象與認知有很大的反差，所以當她在才藝秀中用高亢渾厚、充滿感情的聲音

●生活快不快樂不是絕對的，是和自己的心情感受有關。今年五月我拍了一支「日子難過，別讓心也難過」的廣告，就是想鼓勵失業、待業的朋友，別讓失意的情緒，影響自己的心情。（圖／董氏基金會提供）

唱出「I dreamed a dream」時，反而給人驚喜，那是一種令人出乎意料之外的驚喜，一個encounter，讓人感覺很美。其實生活美不美麗、快不快樂、是否充滿希望，是相對而不是絕對，那是跟你的心情、認知與感受有關。

回過頭來看看自己，我是一個台灣歐吉桑，但我盡量打點我的生活，讓生命充滿一個個的美麗。要如何做到呢？就看你以什麼觀點、心情去看待生活中發生的每一件事。其實生活周遭，處處都是美麗，只是你懂不懂得去欣賞、珍惜與追隨。

我最近忙著對抗H1N1新流感，大家都認為我很忙，但我再怎麼忙也會去安排我的生活，五月二日星期六早上，我帶一

●在衛生署工作繁忙之餘，能在二重疏洪道上騎單車，是非常愜意的事。

級主管們去爬土城承天禪寺後面的天上山，下山後再一起去當地有名的青青餐廳用餐，吃到一半，我就得趕回衛生署開疫情會報。

在爬山途中遇到很多民眾，民眾看到我在爬山通常有兩種反應。一種比較正面：「署長也來爬山，顯然台灣一定沒有出現疫情，不然署長不會這麼輕鬆。」另一種反應是：「你不是忙著對抗新流感嗎？怎麼可以來爬山？」

的確，我很忙碌，但再怎麼忙，也要生活啊！我又不是機器，如果每天二十四小時跟H1N1攪和在一起，我早就病倒了。雖然我下午兩點就得返回署裡開會，還是可以安排早上帶著同仁去爬山，我們從承天禪寺後面的桐花公園的賞花步道往上爬，爬向這座從南勢角到新店橫溪的山脈，一路爬到最高點，四百二十九公尺，往下鳥瞰，視野遼闊，景色優美，令人心曠神怡。

只要好好安排，生活可以充滿美麗

生活，就是你可以去安排每一個美麗，可以去欣賞你的安逸和自在。

四月二十五日，我必須回花蓮處理一些事情，四月二十六日（星期天）再趕回台北開防疫指揮中心第一次會報。星期天一早七點，我就接獲行政院劉兆玄院長電話詢問疫情最新狀況，我跟他說明早上十點疾管局會發布疫情新聞，下午開指揮中心成立的第一次會議；之後我打電話回疾管局指示一些事，並交代說下午兩點我會回到局裡。然後，我從花蓮搭自強號到羅東，司機到羅東火車站接我回台北。下午一點多我就到了疾管局，稍微整理一下資料，兩點準時上戰場，開疫情會議。

我想表達的是，生活與疫情沒有那麼衝突，可以兼顧。我希望我能像蘇東坡寫的「赤壁懷古」內的詞：「羽扇綸巾，談笑間，強虜灰飛煙滅」。

疫情並沒有真正在台灣發生，就算已經到了某種嚴重地步，也應談笑用兵，從容應戰，就像周瑜跟孔明聯手輕鬆打敗曹操大軍。蘇東坡寫的是，智者從容不迫，以智取勝，光著急不會成事的。

●在無耳茶壺山山腰往基隆山方向看去，基隆嶼在遠方，美麗的東北角海岸你去過嗎？

危機時刻要善用團隊

在H1N1防疫戰的過程中，很多處理似乎過當，例如：有些國家殺掉全國的豬或禁止豬肉進口，香港封閉旅館長達八天，讓各國誤以為香港是大疫區。

其實，接觸者只要隔離就可以，隔離之後趕快檢驗，沒有感染的民眾可回家自我隔離，進行健康自主管理、戴口罩，吃預防性投藥，一生病就戴著口罩看醫生。

愈是危機時刻，指揮官愈要從容用兵，且要善用團隊作戰，要動腦筋而不是鞠躬盡瘁、死而後已。我的職掌是擬訂好戰略，署內有這麼多的兵，同仁們依循戰略去執行戰術。同時，我依然過生活、爬山，去欣賞生命中的每一個美麗。

●花蓮壽豐鄉志學村，粉紅小豬的家，每年四、五月間，百合花會開滿圍牆。

美麗的百合盛開

四月二十五日我抽空回壽豐鄉志學村時，沒想到正好欣賞到小屋前百合盛開的美景，百合的花期很短，約四月底到五月初，前後不會超過一個月，這些百合是我親手種的，本來以為我疏於照顧，可能都長不出來了，所以一看到朵朵百合綻放，感覺更是親切。

我想如果每天都住在那裡，看到百合花開，大概也不會覺得美麗，反而是在這麼忙碌的時刻，無預期地看到滿地花開的美景，格外驚喜、開心。

其實，指揮防疫只是我職掌的一部分；我同時還要處理食品藥物管理局組織條例；五月十四日經濟學家克魯曼要來台灣跟我們討論全民健保；五月十八日我要率團出席世界衛生大會（WHA）；五月底有可能要陪總統去中南美外交訪問；六月一日

●衛生署的工作繁重，工作之餘，就安排同仁踏青賞桐花。

菸捐開始上路……，除了抗流感，我同時還有這麼多問題待處理，衛生署長期以來沒有解決的事情，竟然在同一個時間全湧上來，如何一一完成是個人的一大考驗。

欣賞與追隨生命中的每一個美麗

衛生署人才濟濟，需要的是一個領導，領導要靠智慧，最高境界是談笑間，把敵人消滅殆盡。

聽說有些首長每天從早上工作到半夜，實在不是很健康。其實，許多事並不需要事必躬親，可授權、做好時間管理。每個人都應該先把自己的身體照顧好，學會安排時間過生活，去欣賞與追隨生命中的每一個美麗。

●與同仁登天上山，出發的時候好像人很多，怎麼在山頂只剩這些人，賴進祥主祕、蕭美玲局長早已不見人影。

●我在花蓮往鯉魚潭途中仁壽橋上，拍木瓜溪河床上的蘆葦。

●我在蘇花公路拍下美麗的海岸線。

迴龍的花園社區

我對樂生療養院的認識，可回溯至我大學時代，醫學系公衛課程安排去樂生療養院見習，那是我第一次去。坦白說，當時樂生給我的感覺有點可怕，院內陰森黑暗，只有幾位醫師，簡單的藥局、診療室。

樂生療養院主體建築早在一九五〇、一九六〇年代就已建設完成，一九七八年加以改建，可說相當老舊。所處地點也是在台北、桃園縣交界的迴龍，人煙罕至的山區。當時對漢生病患的刻板認知認為，漢生病（註◉）患

●就任署長後，我曾到樂生療養院十餘趟，視察整建情形。有次向媒體說明樂生園區現在及未來規劃的經過。（圖／行政院衛生署提供）

應該安置在偏遠山區，與一般社區隔絕。

人權與公共建設的兩難

早期，樂生療養院院民有一千多人，全擠在後山，生活空間狹小，很像貧民窟。之後我就沒有機會再去樂生，直到二〇〇四年，那時我在慈濟大學任教，樂生被強制徵收進行捷運施工，引發強力抗爭，社會開始廣泛討論漢生病人的人權與公共建設之間的兩難，爭執不斷延續。我曾提出看法，認為這是一個錯誤的政策，院民需要的是一個前有流水後有山坡、能自由種菜養雞的住家，執政者無法體會病人的需求，沒能傾聽院民的聲音、誠心溝通，反而強制所有院民搬入醫院住，這是觀念上的錯誤。我當時認為，可以保留一部分空間，讓需要住在社區的人住在社區，必須住進醫院的就搬入醫院。

二〇〇七年，工程會決議保留百分之九十的社區，部分拆除、部分遷建，幾棟保

●樂生療養院院民的尾牙，我和宋晏仁副署長到場致意，他們說從來沒看過衛生署長來參加他們的尾牙。（圖／行政院衛生署提供）

存，幾棟可以現住等，這個方案跟我原來的想法比較契合。

滿意才能放心

其實院民的數目已經逐漸減少，在這種情況下，應該可以做到兩全的安排。規劃者應該以同理心，想像自己是病人、院民，他們會想要怎樣的居住空間，就盡量尊重並給予協助，除非院民的要求已經超出政府能力與正常訴求。

之前，林芳郁前署長曾撥了七千多萬讓整個社區進行整建，從我就任署長至今，我前後去了十趟視察整建情形。我跟療養院李院長說，我無法一點一滴描述哪裡該種植花卉、造矮牆，我給的指示很簡單，院民希望這個社區長成什麼樣子，在能力範圍內就讓他實現。

但我仍不太放心，直到整個社區整頓完成，我認為自己一定要去試住，如果我滿意才放心，院民也才會滿意。我信守我的承諾，在政府正式宣讀道歉前一晚，我去那裡試住。

註◉ **漢生病** 即民間俗稱的痲瘋病，現已能有效醫治與控制，但傳統民間對漢生病患仍有不少誤解與排斥。

●（左）樂生療養院的院民在自家院子裡泡茶聊天。（右）樂生療養院院民向我說明他們的生活和出入交通情形。（圖／行政院衛生署提供）

在進行社區整頓的過程中，我們做了幾個重要決定：保留佛堂，因為這是他們生活的重心，捷運局也爽快答應。此外，我們也保留了一間可以住六個人的房子，目前住三個人。另外，我們同步進行社區美化工程，讓院民住起來更舒適、更像個家。

打造舒服的視覺空間

園區中間有塊工地，捷運局用藍色密不通風的隔板將兩邊都圍起來，有院民向我陳情，希望另外一邊沒有要動工的部分，可以不要用看板隔起來，反正未來一定得做無障礙空間，方便院民上下山，且需要打造欄杆扶手，所以如果能改採透空性較高的欄杆取代密不通風的隔板，視覺上會比較舒服。

我認為這個訴求可行，如果不是工地，只是為了避免危險，阻絕他們進去裡面活動，可以採取比較美觀與舒適的方式隔圍，於是，我們也持續與捷運局溝通。

迴龍社區就這麼一點一滴慢慢建設起來，我強調的不是建設，而是生活空間，整個園區的中間有座佛堂，稍微下方處則有教堂，並在兩旁鋪設花圃。

佛堂後面有慈濟志工把花圃整理得很漂亮，既然他們能做到，醫院為什麼無法做到，我問了李院長與院民的看法，院長說做得到，於是我們就協助院民整理花圃，種植花卉，逐漸打造成花園社區。

自尊與自信跟著改變

這個社區可說是院民親手打造、整理而成。我試住那天，早上六點多就起床，看到居民低身彎腰在社區內澆花、掃垃圾、整理花圃。位於園區中央的佛堂也有志工主動去維護，教堂也如此，有位牧師住在教堂附近，每週舉辦各項活動，有些是健康的院民做教堂志工。

令我感動的是，院民把這裡當作自己的家、自己的社區，紛紛主動用自己的方式經營社區。之前曾有院民跟我說，有些人當初想搬入醫院，因為他們認為醫院內的設備可說是五星級。而如今，住在山上的院民對我說：「我們這裡有花園、景色好，空氣新鮮，我們這邊才是六星級的社區。」

除了對自己居住的地方產生認同且主動投入，對居民來說，更重要的是自尊與自信也跟著改變。

有位院民黃先生平時喜歡唱歌，他自己在山上家裡弄個卡拉OK，常常找其他院民來唱歌，那天我們邀請媒體來參觀，黃先生雖然右腳截肢，手也不方便，但是他仍充滿自信、特別穿戴整齊，等候大家去參觀。一般來說，手腳不便、身心障礙的院民不願意接觸外人，如今卻充滿自信地跟外人、媒體朋友們分享自己居住的生活空間，社區內的花草、景物都是自己一點一滴慢慢經營而成，不再怯於與陌生人分享過去曾遭受過的待遇與目前的生活改變。

整個社區大轉變，我可以感受到院民的自尊與自信。當然，社會也在進步，醫護人員的觀念也在改變，更能以同理心來接納、擁抱這些需要照顧的人。這是一個好現象，堪稱一個現代社會進步的象徵。

但是，我們還不是完全開放的社會，仍有許多人對許多疾病存有疑慮，像是愛滋、藥癮病人、精神疾病患者等，社會對這些患者仍有歧視，需要我們持續努力。

社會的歧視與污名化必須破解

我們必須破解社會的歧視與污名化，我認為醫護人員最有義務與責任擔負這工作，以漢生病這個例子回饋至醫學養成教育，每一個醫護人員都該有基本的素養，去除疾病污名化，否則就不配做個醫藥專業人員。

持平而論，在樂生這個案例，政府不能沒有作為，仍須讓公共工程順利進行，但不是沒有協商的空間，仍可設法達成雙贏。只是，樂生這個案例拖了五年，院民必須用抗爭的方式爭取權益，讓社會付出了極大代價。

隨著漢生條例立法完成、政府公開道歉等後續安排，困擾多年的紛爭總算告一段落，我衷心期盼，讓漢生病患的不幸成為歷史上最後一個案例。

●樂生療養院院民與我互動，說明他們居家環境。（圖／行政院衛生署提供）

淡水河畔的美麗邂逅

我只見過這位女生一次。

這位女生在關稅總局上班，她每天從景美踩著腳踏車到塔城街的辦公室上班。當時我在河濱公園散步，每天清晨都有很多人在那裡運動、騎腳踏車，大多為老年人，假日就會有許多年輕人從事休閒活動。當時，是一般人趕著上班的時間，我看到她穿著整套運動服騎腳踏車，不禁好奇跟她閒談了起來，我本來以為她住在這附近，她連忙搖頭說：「不是，我住在景美。」

每天騎車上班兼運動

原來她每天繞騎河濱公園，從景美橋，經過福和橋、永福橋、中正橋、華中橋，沿著景美溪、新店溪到淡水河，騎了一個多鐘頭抵達塔城街，到辦公室再換裝上班。

我之前在總統府服務時，每週也會有一、兩次騎腳踏車上班，從住家六張犁一路騎過木柵、景美、世新大學，到桂林路、總統府，約需一個半鐘頭。或騎另外一條路線，從六張犁騎到市政府，經過塔悠路，再沿著基隆河騎過社子島，然後到總統府，這條路線比較遠，約需兩個鐘頭，所以通常週六、日要去總統府加班，不趕時間時我才會這樣騎。所以，當我看到這位女生，全身運動裝備沿著河濱公園騎單車上班時，我喜出望外，內心無比感動。

台北市終於有一條貫穿各河道的河濱腳踏車道，除了提供多數人在假日進行親子活動、娛樂休閒或短程騎乘，竟然有人跟我一樣，把這當成運動兼上班的工具。

目前台北市腳踏車道已經長達一百多公里，這是十多年來一點一滴累積下來的成果。但很多人似乎將這項設施視為理所當然，認為那裡本來就該有一條腳踏車專用道，也就不會心存感激。

許多事是一點一滴累積完成的

我擔任台北市副市長期間，參與兩條路線的規劃，一

●淡水河畔的腳踏車步道。

條是社子島沿著淡水河的堤防，這是養工處（現改為水利處）負責的工程，我當時跟他們說：「花些經費做漂亮些吧！欄杆採鏤空設計，這樣才能看到河濱美麗的風景。」另外一段則是關渡宮、野鳥公園那段腳踏車道，也很漂亮。

一個建設，一下子是看不到成果的，但經年累月下來，成果自然呈現，河濱腳踏車道已經變成台北市民最重要親子休閒、運動的場地，不需要特別在乎是誰完成的，一個社會的進步，本來就得靠很多人默默地、一步步完成。

這也讓我聯想到目前正在進行的淡水河整治工程。淡水河非常髒，因為台北縣市的污水仍大部分直接排放到淡水河。早晨因為退潮，河床乾涸時一片汙泥，臭味薰天，甚或還有沼氣從河水中冒泡出來，煞是可怕。

大部分的人都會認為，不知道要等到哪一年才能看到淡水河變清澈，甚至有點絕望，以為不可能有這麼一天。早期整治基隆河的時候很多人也這樣想，對未來不抱任何希望。

永遠對未來充滿希望

不過我相信，只要有心、不斷堅持，終有一天可以完成。經過長時間的努力，現在的基隆河早已全面改觀，河水多半的時間是清澈無味的。如果認為河川整治曠日費時，短期內看不到成果就不做，永遠不會有改善的一天。

我的信念是，永遠要對未來充滿希望，只要有希望，再大的工程也有完成的一天。

最近我都會去淡水河濱，昨天是晴天，今天是陰天，不論陰天或晴天，景色都不一樣，都很美，當然如果沒有汙泥、沒有冒泡的河水，沒有臭味，那才是真正的漂亮。

只要方向對，就能走到目標

我想說的是，不論什麼事，只要方向是對的，go ahead、just do it！

不管路有多遠，只要方向對，就能走到目標。

●淡水河畔大稻程碼頭的單車步道及休閒設施。

向堅持圓夢的「貓熊」致意

大年初一，全國各地民眾陸續趕往台北市立動物園排隊數小時，只為了看團團圓圓一眼。但是，大多數的人並不知道，團團圓圓能順利住進台北市立動物園，背後有個相當重要的推手，那就是骨科醫師、前立法委員、多年前積極推動人體器官移植條例法案、也是動物之友協會理事長洪文棟。

引進貓熊圓夢

洪文棟退休時有個夢想，就是想要引進貓熊，為此，他已經奮鬥了十七、八年，過程充滿挑戰和挫折，但他似乎從沒有放棄過。

首先，他成立了台北市動物之友協會，為了蓋貓熊館四處募款，目標是兩億四千萬元。當時鋼鐵價格不斷上揚，工程款不斷追加，但洪文棟仍充滿鬥志，一年又一年，馬不停蹄到處募款。除了背負募款壓力，他甚至被公部門誤解，以為財務有問題。

我擔任台北市副市長期間，當時協會的主管機關台北市政府社會局懷疑台北市動物之友協會財務不健全，社會局依法進行查帳。這件事讓他很生氣，他打電話跟我說，他已經捐款將近兩億元給台北市立動物園，還差幾千萬元就可籌齊工程款項，台北市政府不幫忙也就算了，還來懷疑他財務有問題。

我問他為什麼這麼關心貓熊來台灣，他說也沒特別理由，因為他兩眼黑眼圈很明顯，朋友都說他像「貓熊」，就是緣分嘛！即便後來我離開台北市政府，他仍然樂於跟我分享貓熊館興建的進度。

約去年年初，我接到他的電話，他像個小孩子似地很興奮告訴我，貓熊館快要蓋好了，邀我一起去動物園看貓熊館的工程，他像個稱職的引導員，開心地為我介紹「這裡是育嬰室、那裡是產房、樓上是教育中心……」。

懷抱夢想，面對種種問題

在這過程中，洪文棟還得面對種種問題，並一一克服。我記得那時

●團團（左）圓圓（右）能順利住進台北市立動物園，背後有個重要推手——動物之友協會理事長洪文棟。（圖／台北市立動物園長葉傑生提供）

除了台北市動物園，南部、中部、北部各地的動物園也都在極力爭取。雖然台北市動物園勝選機率最高，他仍很擔心，深怕半路出現程咬金，要更加努力做好萬全準備。

當我大年初一從電視上看到有關貓熊的新聞，我想到的不是可愛的貓熊或小朋友們，而是一個懷著夢想，滿心執著的老醫師，經過十七、八年奔走，不是為名為利，甚至還曾經被政府懷疑財務不清，也被質疑為什麼要跟中國大陸走這麼近，面對各種質疑或挑戰，洪文棟完全不在意，也沒有在媒體面前吹噓自己的功勞。

傻子行為令人動容

現在，貓熊終於在動物園亮相了，大家只看到政治人物檯面上的動作，以及動物園園長說明照顧團團圓圓的過程，沒人看到這背後，洪文棟醫師一個最甜美的夢想已經實現了。

從洪文棟身上，我看到一個願意默默付出，持續不輟的夢想家，看似傻子行為，卻令人動容。年輕人也好，老年人也罷，每個人都要有個夢，並且堅持下去，全力以赴，願望再大，夢想也一定可以實現。

文馨的媽媽

文馨是在我花蓮家隔壁一對阿公與阿嬤的孫女。我第一次看到她，才小學二年級，她跟她五年級的哥哥跑到我家，向我借腳踏車騎。我有很多台腳踏車，其中有小孩子的腳踏車，也有電動車。如今哥哥已經國二，文馨也小學五年級了，三年不見，她長得更高、更漂亮了。

典型的台灣農村家庭

文馨家其實不遠，也都在志學村。我們這裡是溪頭社區，也就是木瓜溪的源頭，他們住離這兩、三公里的忠孝新村社區，她爸爸主要是務農，種稻、種高麗菜，農閒時幫人家做各種零工，她媽媽在東華大學旁邊的便當店打工賣便當。

有一天我問她，外公外婆在哪裡，才知道她媽媽是新移民，已經嫁到台灣十多年，家鄉在湖南，這也是台灣農村常見的家庭型態，阿公阿嬤自己住，兒女與孫子、孫女住在別處，比較有工作機會的地方。

阿公應該七十歲左右，因為患有糖尿病，腳有些不方便，無法下田工作，只剩下阿嬤下田種花生、地瓜。我問阿嬤為什麼不種些更有經濟價值的作物，像是高麗菜、香蕉、苦瓜、蔬菜。阿嬤說：「我們老了，種植這些很費工，成本也滿高的，我的稻田，就是我兒子回來幫忙種的。」

我也問文馨的媽媽多久回湖南一趟，答案是非常讓人感慨的，她已經七、八年沒回老家湖南長沙的鄉下，一方面來回機票貴，另方面如果沒有特別的事，回家鄉看親人是一件很奢侈的事。

這是目前台灣農村家庭的典型寫照，也可說是台灣農村的縮影。

在花蓮縣新城鄉，靠近花蓮機場有很多眷村，眷村內有許多外省老先生都是娶新移民，形成另一種景象，年輕的新移民配偶三五成群，聊天喝茶或聚在一起做一些零工。

台灣新移民的問題

到底台灣人口問題的真相是什麼呢？十年前，最鼎盛時，台灣一年大概有三、四萬個新移民。全台灣至今總共有四十多萬個新移民，占總人口百分之二。其中，半數是大陸籍，越南籍次之，其餘國籍新移民加起來不到兩成。

現在人數稍微減少了，一年大約新增兩萬個新移民，仍以女性居多；另一個現象是，台灣高知識水準、年輕的女性也有些嫁給外國人，其中也不乏白種人，多數選擇出國，少數則留在台灣。

文馨是個可愛的小女生，成績好不好我不知道，但以她目前的狀況，未來要翻身脫離農村生活，看起來機會很小，這也是目前農村家庭面臨的問題。除非父母有能力多攢些錢，有智慧培育子女，提供孩子較多學習機會，否則孩子未來要脫離農村，接受更好的教育，並不容易。像文馨這樣新移民小孩目前每年大約有兩萬人，二〇〇八年台灣新生兒有十九萬六千個，其中有兩萬是新台灣之子，原本台灣人生的小孩就少，可能只有

●大多數人面對人口問題總是說，要鼓勵多生小孩、政府應提供較好的托育環境等，這些固然重要，但此外，還必須嚴肅考慮，是否該引進具技術與投資力的移民。

十八萬，可以說台灣的新生一代，靠新移民在撐人口數。

每次討論國民年金、全民健保、長照保險，都會被問到，隨著台灣人口不斷老化、少子化，十年後、二十年後，台灣該怎麼辦？

該重新思考移民政策了

人口的問題，要從人口政策去解決，單單去調保費、調費率、縮小給付都無法治本。人口問題，其實是目前台灣最重要的議題，必須馬上解決，因為人口問題影響的層面不只是在社會安全體系，還會影響到生產力、經濟、就業、社會結構。

如果現在不去反轉人口結構，十年、二十年後才下手解決，也還需要再二十年的時間才會看到效果。

其實，在十年前就應該開始著手面對人口問題，大多數人面對人口問題總是說，要鼓勵多生小孩，政府應提供較好的托育環境、提供托育現金補貼等，這些當然都很重要，也需要做，但除此之外，還必須很嚴肅去考慮，是否該引進高社經地位的新移民。

如果只是不斷引入低社經地位的新移民，當然，這批人需要受到保護與照顧，新移民的下一代需要得到教育與機會，但整體來看，單只這樣做也不是辦法，應該反轉政策，開放技術移民與投資移民。

根據內政部統計，台灣二〇〇八年出生十九萬六千人，死亡約十六萬人，未來死亡數會漸超過出生數，如此台灣很快就會變成人口負成長，目前台灣總人口數剛超過二千三百萬人，看起來，台灣人口要成長到二千四百萬恐怕永遠也達不到，我估計台灣的人口最多不會超過二千三百五十萬。

開放技術與投資移民當然會有副作用，但我們必須接受台灣是個多元文化的移民社會，印度、中國大陸、東南亞等任何地區的移民我們都應該歡迎，台灣無法保持一個封閉鎖國的狀態。

更何況台灣人口組成本來就不是很單純，除原住民之外，四百年來，來自各地的移民紛紛進入，面對台灣目前的人口問題，國人可能必須改變心態，重新思考移民問題，讓台灣走向多元文化社會，減緩人口結構惡化帶來的種種問題，讓台灣持續走向開放、多元、充滿生命力的社會。

●面對台灣目前的人口問題，國人可能必須改變心態，重新思考移民問題，讓台灣走向多元文化社會。

朝陽的午後

二〇〇九年六月二十二日，星期一，我休假半天，獨自從台北搭火車到南澳，大約下午一點抵達，在南澳火車站前租了腳踏車，自在地順著路騎到朝陽社區、朝陽漁港、朝陽國家步道，當然最主要的是去看看我的私房景點——神祕海灘。三個鐘頭後，再搭四點四十分的火車回台北。

生命充滿再出發的能量

其實，這神來之筆，緣自於我最近讀到的一本書，《旅行台灣——名人說自己的故事》，書內集結了許多名人，像是蔣勳、嚴長壽、小野、侯文詠，媒體人李四端、沈春華、羅志成等等，談自己在台灣旅行的故事，他們是從台灣的某個景點講出一個感動人的故事，我建議讀者可以看看，至少我是深受其中幾位大師的感動。

書裡提到「這不是一個旅行或故事而已，而是去體驗台灣的美麗與感動，訴說人們對這塊塊土地的感情」、「人必須走下舞台，告別戰場，把心放開之後，才能激發更多的感動，才能看到更多的美麗，讓生命充滿再出發的能量。」

人煙罕至的神祕海灘

我有一陣子住在花蓮，經常開車回台北，現在有雪山隧道了，通車時間可縮短至只需四個鐘頭以內。很多人問我為什麼不搭火車或飛機？因為那是不同的享受，只要不趕時間，一個人慢慢開車，有助於整理思緒，也會有更多的想像與創意。

神祕海灘就是因為開車誤打誤撞來到的地方，後來去了好幾次，有一次，我載我太太開車到這裡，神祕海灘多是砂石，以往我都開吉普車，那次我忘記我開的是太太的普通房車，結果車子開上海灘後就陷進沙裡出不來了。從海灘要走到朝陽社區，當中有一片面積遼闊的農林，位置偏僻，沒有任何人跡，我只好

●神祕海灘是我開車誤打誤撞來到的地方。

硬走著出來求救，看到田裡有個農民在犁田，那是一種翻土用的拖車，我請求他幫忙，才得以脫困，這個經驗令我永難忘懷。

南澳的北溪與南溪會合之後流入海中，入海前溪的北岸就是神祕海灘，因為遊客們很少人會在南澳停留，通常來去匆匆直接開車經過，很少人會在南澳停留，即使停留多半是在便利商店買東西，在餐廳吃著午餐。南澳清幽而安靜，宛如世外桃源，這裡有很多原住民的部落，包括金岳、碧侯、武塔、金洋部落，每個部落內有小學，校園內花草扶疏，整理得很好，環境美麗。

我騎著腳踏車晃啊晃，常會自問，人生來去匆匆，像陀螺在轉，請問你知道在轉些什麼嗎？你知道要轉到哪裡去嗎？偶爾我會停下腳步，展開一個人的漫遊。去回答自己內心的疑惑，去追尋大自然帶來的感動。

我看到一片茄子田，約腰部高，果實往下垂，近乎碰地。我很愛吃魚香茄子，吃了一大堆茄子卻從沒看過茄子園。但是，我同時也看到了台灣農村很現實的景象，許多農地都荒廢了，偶爾看到一兩個農人在大太陽底下，少數農地有種水稻、哈密瓜，但都不是大規模的種植。

朝陽社區隔著龜山的另一側，就是神祕海灘。整個社區是個漁港，龜山是一百八十二公尺的高地，有林務局做的國家步道，綠意盎然，爬上去可以俯瞰太平洋，視野相當遼闊。我去看海、爬山、看農田、看白鷺鷥、玉米田、稻田、茄子園，還有養鴨人家，一大片白鴨，典型的台灣農村景象。

漁港內稀稀落落，沒有船，可能出海了。我想，這裡的居民恐怕很難只靠捕魚或務農維持生計，這裡有山、有水、有溫泉，還有漂亮的原住民社區，而路過的遊覽車來此停車休息，遊客下車上廁所、買餐飲、紀念品，實在太暴殄天物，相信上天會安排天使用更多元的方式來展現南澳那深不可測的面貌。

莎韻之鐘

莎韻之鐘位在九號省道的一百三十四、五公里處，已漸遠離朝陽社區，旁邊是個很大的遊覽車休息站，多數人來去匆匆，走馬看花，很多遊客在這裡買剝皮辣椒、土產、香皂、精油等。

「莎韻之鐘」的背後其實有個日本政府對台灣人民皇民化的故事。二次大戰時，日本徵調在台灣的日本小學老師去南澳當兵，有個日本老師準備去當兵了，他的學生莎韻要送行，從武塔走回南澳的路上，遇到颱風來襲，武塔社區內的河川暴漲，莎韻不慎失足身亡。原本只是單純老師與學生之間的故事，但故事輾轉流傳到台北府，日本的台灣總督長谷川清知道了這件事，認為應好好宣揚，突顯台灣原住民對日本天皇效忠之情。總之，最後長谷送了一個鐘給武塔部落作為紀念，這個鐘保留至今。

一輩子的朋友

我第一次住在南澳的故事倒是有點傳奇。二〇〇三年台灣遭受SARS侵襲，我從和平醫院出來到公務人員訓練中心接受隔離，隔離完之後，我開車從台北回花蓮，途中我跑去礁溪泡溫泉，接近午餐時間，在溫泉旅館內點了一碗麵，邊寫醫院協會要我寫醫院如何抗煞、如何隔離、動線如何走等的文章，我寫了約兩個鐘頭，寫完後在旅館內傳真回台北，然後我繼續開車往南澳走。

那時陳文茜主持電台節目，要訪問我，跟我約下午六點call out，但我的手機沒電，我乾脆在南澳找一家旅館過夜，以方便她打到旅館跟我連線訪問。我到達南澳大約已經下午四點多，完成旅館check in後還有點時間，我就開著我的吉普車到處閒逛。

那時的南澳社區跟現在一模一樣，六年了仍沒多大改變，田園偶爾種有香瓜、稻米、海灘與朝陽步道一樣安靜地令人屏息。那是我一輩子不會忘記的經驗。尤其剛因

SARS隔離結束，被放出來，看到的南澳真像嬰兒第一眼看到的人一樣，是一輩子的親人。

也因為這樣，神祕海灘變成我的祕密花園，偶爾，我會想去看一看，好像去看一個老朋友，雖然它沒有跟我說什麼話。那是一種很奇妙的感覺，會跟一個地方產生感情，很像家裡的親人，隔一陣子，總要回家去看看家人吧。

這麼美麗、安靜的環境，我不贊成去開發，而是把當地獨有的風情保留並且展現出來，讓來去匆匆的過客們知道，你太忙了，該停下腳步來看看我，放鬆一下，把心放開，生活才能有更多感動，生命才能有更多的美麗。

●南澳龜山是一百八十二公尺的高地，有林務局做的國家步道，綠意盎然，爬上去可以俯瞰太平洋，視野相當遼闊。

輯四

追尋

Dream

我做了兩件很瘋狂的事

我來衛生署之後，大家以為我很忙，我的確很忙，就任一個半月以來，每天的生活大致是：約五點或五點半起床，接著在住家附近爬山或慢跑；有時約六點左右會先進辦公室，然後到中正紀念堂騎腳踏車或慢跑。騎車繞中正紀念堂外圍，一圈二點零五公里，我繞六至七圈，約十二公里，我騎滿快的，每圈只花五至六分鐘，大約騎四十分鐘。之後，七點多再進辦公室工作。晚上多有應酬，忙到九點或九點半回到家，通常十點以前我已不支倒地，早早就去睡覺。

雖然工作很多、很忙，我仍做了兩件很瘋狂的事。

帶媽媽去環島旅行

第一件，我請休假，帶媽媽環島旅行四天，她已經九十歲了，從沒坐過高鐵，也沒去過墾丁，想帶她去體驗。

我們從台北出發，先到花蓮，剛好太魯閣有馬拉松活動，我就去參加，所以我第一天住天祥，第二天住瑞穗，方便去跑馬拉松，之後順道去視察署立玉里醫院。第三天遠征墾丁，我想去看看海角七號的拍攝場景，也順道去視察署立恆春醫院，然後從墾丁回高雄，在高雄參加一場醫學會，再搭高鐵回台北。

我想表達的是，其實時間是自己安排的，再怎麼忙，也可以安排一些能放鬆、調劑身心的活動，像這四天環島旅行，完成了我想花點時間陪媽媽、跑馬拉松、視察醫院、參加醫學研討會、去墾丁看海角七號拍攝場景等多重目的。

在花蓮時，雖然當地我有房子，但是我沒去住，反而去住天祥的晶華，我希望讓媽媽去看看，體驗住在天祥的感覺，那是一個

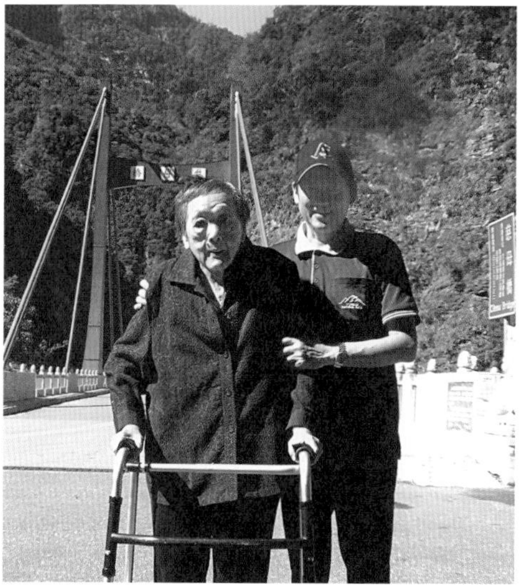

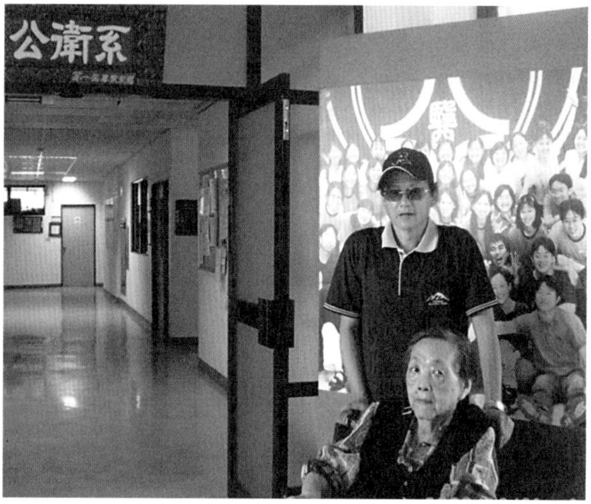

●（左）如果可以選擇，我的志願是當太魯閣國家公園管理處處長，陪媽媽來到慈母橋，當然要留下倩影。（右）我和母親在環島旅行的路上，其中一個行程自然不能錯過參觀慈濟公衛系和我的辦公室。

很小的旅館，只能容納二百多人，但真的很舒服，尤其那天不是假日，沒太多人、沒太多嘈雜，可以安靜地享受一切。

到墾丁，我住在凱撒飯店，我從凱撒飯店騎腳踏車騎到鵝鑾鼻燈塔，在騎回飯店的路上，我赫然看到一道彩虹掛在天際。我停下車，靜靜地凝視眼前這道彩虹，拿出相機，把彩虹裝入我的相機。當下感覺是，這不一定叫做旅行，也不一定是運動或休閒，就是帶著一個dream，生活可以變得更多采多姿。

帶主管去爬筆架連峰

另一個很瘋狂的安排是，我要求一級主管去爬山，十一月二十三日星期天早上，我帶主管們去爬筆架山，從北宜公路濟公廟走到石碇，筆架連峰，

●在鵝鑾鼻海邊看到的美景，慢遊才是享受生活最適當的方式。

海拔不到六百公尺。

他們跟我說：「署長，這會不會太狠了？」

我說：「一般來講，我三個鐘頭可以走完，這樣好了，如果六個鐘頭沒有走完的主管，辭呈自動生效。」

我當然是開玩笑的啦！我希望大家多去運動，去戶外放鬆，我把生活態度和同仁分享，同仁們不一定很能享受這樣的安排，但這樣的安排也不是不好，可以讓沒嘗試過的人有機會去體驗、去嘗試。

同仁們應該有機會去體驗從來不曾體驗的生活，這就是一種緣分，主管彼此也有更多機會溝通、分享，變成一個團隊，想起來有點瘋狂。有些事情每天都得做，變成例行公事，到最後你都忘掉到底在做什麼。

生活中應該要有一點想像、創造，讓它不一

●我看到彩虹，也看到未來，看到希望——摘自海角七號。

樣，有一天你做了一件驚喜的事，這輩子永遠會記得那件事。

我相信有去爬山的主管永遠不會忘掉被署長操兵爬山的這件事。

瘋狂就是一種安排與體驗

瘋狂，就是一種安排與體驗。很多人抱怨太忙沒時間，我跟同仁建議，無聊的罵來罵去的電視、打來打去的新聞，不要看嘛，看了只會得憂鬱症，增加自殺防治的困難，多走向戶外、大自然，做一個陽光的人，讓生活有更多的體驗才是。

●「筆架連峰」是從北宜濟公廟走到石碇國小，沿途需手腳並用，路程絕不輕鬆。

女兒的生日禮物

我有個乾女兒Jennifer，她很久沒有跟我聯絡了，有一天收到她的電子郵件，裡面寫著：「明天是我生日，你猜我幾歲？我想要一個很特別的生日禮物，我想要你畫一張圖送我，畫你跟我。」

Jennifer已經國二了，她是個很有主見、很有個性的女孩。

為了這件事情我也很頭痛，我跟她說，過幾天再說吧。我從過去的照片中挑出幾張，找了一位聾啞畫家，請他先幫我畫一張。畫完後我感覺不太對，最後決定還是自己設法畫吧！我不太會畫畫，以前也很少畫。我待在辦公室畫了一個晚上，不是為了好玩，而是想把這項任務達成。

關起辦公室的門，為女兒畫圖

我說這些，是想跟大家分享我的一些想法。

我覺得，跟小孩互動，有時候需要一些出乎意料的想像。就像準備生日禮物這件

Happy Birthday to Jennifer
From: BoBo 2008.11.14.

●送給女兒的生日禮物，女兒的評語是：「你把我畫得有點胖，把你自己畫得很年輕。」我的結論是：「養女不教誰之過。」

●Jennifer的畫作「貓」，比我送的生日禮物要體面得多。

事，其實如果能用錢買，對我來說最簡單，但她不要我去買個東西，而是要我畫個東西。

也許大部分的人反應會是：我買個東西給妳吧，不要這樣為難我。

Jennifer是很難纏的小孩，之前她也要我畫圖給她當生日禮物，裡面必須畫有地球、台灣、日本、腳踏車和樹，那時我利用中午休息時間，關起辦公室的門，不准人打擾，經過一番煎熬才完成。

這次她又出考題了，我雖然不諳畫圖，仍舊努力達成這項任務，有時想想滿好笑的，我這麼老了，還跟同事們借粉彩筆，晚上窩在辦公室畫畫，只是為了滿足一個國二女兒的要求。

Jennifer寫信問我：「如果你很不想做一件事，但那件事又是你的責任，你會怎麼辦？」

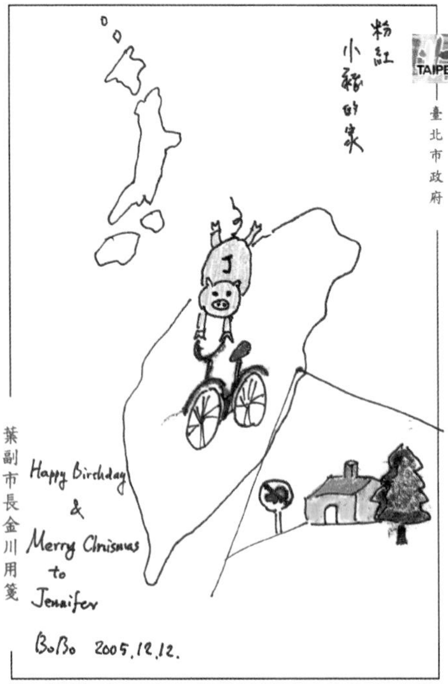

我畫「粉紅小豬的家」送給Jennifer當二００五年的生日禮物。

我回信說：「你喜歡，就會享受在其中，也會是一種成就感。有責任不一定不好，如果這個責任是你喜歡的，就會很有成就感，所以只要把責任轉化成你所喜歡的，責任不一定都很痛苦、或只是個工作而已。」

在生活中，安排做點不一樣的事，不一定要花錢或花很多時間，去做些令人印象深刻的事，讓你永遠都記得。幫女兒準備一份她想要的禮物，對我來說，是個生活的安排。旁人也許認為這很無聊，是微不足道的小事，可是，當你把這當一回事，並且完成它，恐怕這輩子都不會忘記。

每個小孩都有他（她）自己的獨特性，透過我與Jennifer的互動，她獨特的天賦與想像，於是被了解。也就不再只是個旁人乍看會認為的：不太說話、老是酷酷的小女孩。

自己做不到的，不要期望孩子來完成

每個孩子都有自己的想像、天空與世界，這跟成績無關，跟長相也無關，每個生命都該受到尊重，透過引導得到最適當的發展。有時我們太過在意小孩在學校的成績，父母跟老師好像較喜歡成績好的小孩，但成績好不一定就會對社會有正面貢獻。

父母應該將孩子往正面、陽光的方向引導，讓孩子活出自己的性格與特色。如果父

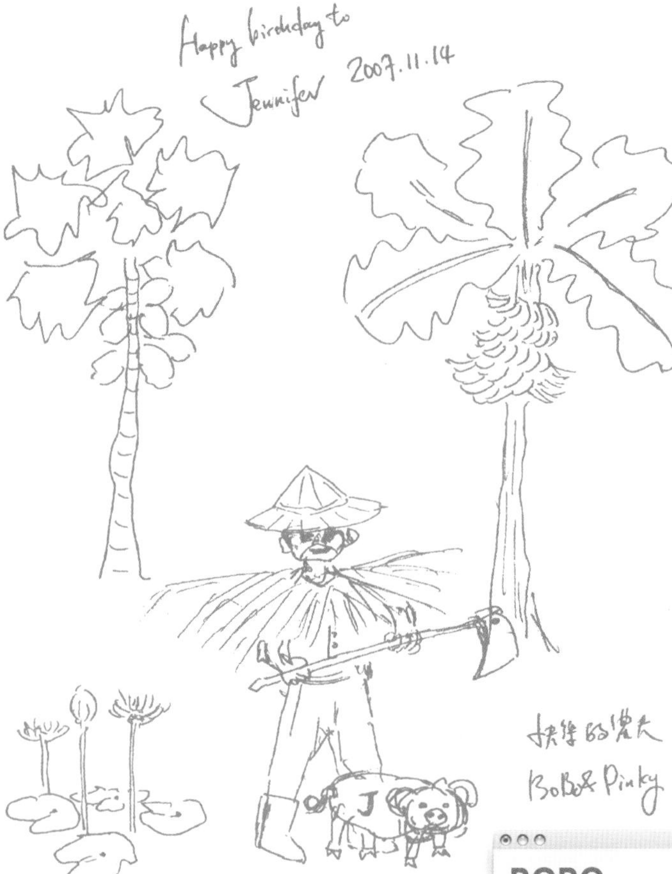
Happy birthday to
Jennifer 2007.11.14
快樂的農夫
BoBo& Pinky

●我畫「快樂的農夫」送給Jennifer當二〇〇七年的生日禮物。

Jennifer看到我畫的「快樂的農夫」初稿後的回信：

新增郵件

BOBO

我已經收到你的生日禮物
覺得很像畫家畫的
我看到的第一眼
覺得那農夫的表情是很高興今天晚上有豬肉可以吃
豬的表情是很像被關很久今天終於可以出來
可是又很害怕

農夫要殺牠可是有點可憐牠
所以把牠帶到風景很漂亮的地方要宰了
最可怕的是牠背上刻著 J

可是事情還沒發生
你要怎麼救牠……

文婷

母的價值觀仍是學業至上，要求孩子考上建中、北一女、台大，讀法律系、醫學系等熱門科系，那就不會有海角七號，沒有魏德聖，沒有李安，也沒有林懷民。

每個領域都可行行出狀元，當然啦，也不一定要狀元，沒有狀元也不會怎樣。

我的兒子國中畢業後就讀台北工專機械科，畢業後考上台灣科技大學，之後再攻讀台大研究所，這也是另外一種路徑。我原本對他沒有太大的期望，當年讓他唸台北工專主要是因為離家很近。

讓孩子走自己的路，孩子終究能走出一片天。我的小兒子現在就讀和平高中三年級，當時如果讓他去讀大安高工，說不定現在不必考試就可直接進入科技大學，這比高中畢業後直接考入大學的可能性還高，以目前找工作的環境，說不定唸職校要比唸大學吃香。

每個小孩都有自己的專長、天賦與想法，父母要順勢而為，可以從旁引導、給意見，但無法強制或強迫。每個孩子都是獨立的個體，不是父母的分身，自己做不到的、未完成的夢，不要轉變成對孩子的期望，這對孩子是壓力也是傷害，不是很健康的想法。生活中可以充滿想像，可以有一些驚奇與意外，生活可以多采多姿，生命也可以塗滿彩色。

Tammy的單眼相機

Tammy是我乾女兒Jennifer的姊姊，從她小學四年級，我就認識，現在已高三畢業，且已甄試錄取到某大學的觀光系。

在我與Jennifer長達六、七年的email往來中，Tammy其實也是主角之一。因為她從小會過敏與氣喘，她的媽媽不讓她們兩姐妹養任何寵物，包括楓葉鼠，我曾替她們養了兩年的楓葉鼠。

在我的眼裡，Tammy是很乖的女孩，可是她跟媽媽的溝通卻很困難。她認為媽媽雖然很愛她，卻很兇、很嘮叨、很沒耐性又愛發飆。

●Tammy在倫敦一處博物館，背著她的 Canon EOS相機到處取景。

●圖右為今年暑假到英國遊學的 Tammy，左為 Tammy 媽媽友人的女兒 Mia。遠方為 Leeds 城堡。

媽媽則老認為女兒很不聽話，成天忤逆她。像最近在選填學校，Tammy決定選擇高雄的大學，其中主要原因之一，就是不想留在台北唸書，離媽媽愈遠愈好（註◉）。

Canon單眼相機

跟同年齡的孩子相比，其實Tammy很懂事、也很認真學著獨立，她最近在麥當勞打工，想存錢買Canon牌子的單眼相機，還問我有沒有打工的機會可以介紹給她，這樣就能很快存到錢，「在開學前拍盡美麗的台北，然後去高雄唸書」。

我提議她來我這邊當工讀生，幫忙編我想出的書，一小時一百元，一天工作八小時就有八百元，工作十二天就可以存到預定目

●Tammy 用單眼相機拍下的英國 Leeds 城堡。

標九千六百元。她擔心自己不擅長做美編或打字，躊躇不前，我特別邀請她們母女來看看我的辦公環境，多一些了解，想讓Tammy熟悉環境。

後來我才知道她猶豫的原因之一，是她以為媽媽私下安排，讓我找她來當工讀生。只要媽媽想要她做什麼，她就不要做，完全不想順著媽媽的意思。於是她回信跟我說，應該不會這麼快就來我這邊打工，因為已經在麥當勞排較長時間的班，必須打工多一點時間才能存夠錢買單眼相機。同時，媽媽也安排她去英國短期遊學。

坦白說，我滿同情Tammy的處境，被要求每件事都要依著媽媽的安排，不能充分表達自己的想法，久了，孩子自然會採取反抗的策略，造成彼此對抗。

遠遠地看才會美

我認為，有些事要遠遠地看，模糊地看，才會美；也或許是靠得太近，看不到真正的美麗。我對Tammy的媽媽說：如果把Tammy讓我養，換作是我女兒，不是妳的，在妳眼中她肯定是個天使，不再是妳眼中那個不聽話、桀驁不馴、一大堆意見的小魔頭。

Tammy還在學習，需要大人在旁邊多些鼓勵與指引，偏偏父母對自己的孩子總會陷入一定的要求與期望，如果分寸拿捏不當，反而會傷到孩子。其實教育孩子需要擺開患得患失的心情，適當地從旁協助孩子如何自立，學會獨立思考，而不是用自己的價值觀去建構對孩子的期許，或要孩子去達成自己未完成的夢。

像是灌輸孩子「去唸書才有用，去速食店打工學不到東西」這種價值觀，否定了孩子在職場上學習的價值。不論什麼地方只要願意都可以學習，每一份工作也都有其價值，沒有貴賤之分，也不會因為薪資差異而有不同，國際連鎖速食店的管理可謂世界一流，從中學到的工作經驗也絕不下於在學校所學習到的。

愛要用對方法

愛，有很多種方式，父母都愛孩子，只是不一定真給了孩子幸福。

愛，要用對方法，才能協助孩子成長、找尋自我及肯定自我。

新增郵件

给BOBO

謝謝你的生日禮物！這是最大的禮物！
真的很謝謝 這幾天我會去問關於單眼相機

其實我不是爲了遠離媽媽才選擇高雄的學校
只是因爲我喜歡的觀光科系在高雄校區 就單純是這樣
台北雖然也有觀光科系的學校 沒有選擇是因爲
台北交通太擁擠 我不喜歡 空氣也不好
也不想執著台北的熱鬧或是交通方便
所以選擇高雄 想看看不一樣的台灣
也想走走更多地方 不單是待在台北！

離去英國的日子就快來了 最近要開始準備很多東西
祝你順利！

Tammy

註◉給Tammy看過我寫的「Tammy的單眼相機」一文後，二〇〇九年六月三日她給我的E-mail。

粉紅小豬的家

乾女兒Jennifer又很久沒有寫信給我，最近突然寫了封伊媚兒給我，說要寄一篇文章給我，叮囑我一定要讀，那是她國文課本內的一篇選讀文章：「另一個春天」。

作者是六十年次的旅行作家褚士瑩，這篇文章原本刊登在幼獅文藝，被書商選為國中教材，內容描述他去希臘旅行時遇到一位來自東德的七十歲老太太，老太太說這趟旅行是子女們送她的生日禮物。

對生命的熱情

文章中有段寫著，老太太走不動了，無法跟其他遊客繼續往上走，她想坐下來等，褚士瑩好心說要陪她坐，老太太卻要褚士瑩繼續往上爬，並且說：「去幫我看吧！年輕人，那是一個值得用一輩子換來的美景。」還有一段是：「她老了，但是她教導一位年輕人學會什麼叫做勇敢，以及對生命的熱情。」

總之，這篇文章描述一個老年人對生命持續懷抱熱情，勇於面對挑戰、探索未來，

●粉紅小豬的家。這頭小豬的畫及題字是乾女兒Jennifer（文婷）送給我的生日禮物，我將它作成招牌，在晚上可亮燈，讓這個家容易被找到。

即使她已經七十歲了。

充滿想像力與創意

一個國二的小女生寄來一篇國文課本內的文章叫我一定要讀，說這是一篇好文章，那種感覺其實滿愉快、滿感動的。雖然我不知道她究竟想要我看哪一段，我也沒問她。一般的小孩不會突然寫信要我看一篇國中課文，她跟一般小孩很不一樣，她還曾送給我一個她親手做的皮製相框，或者要我畫一張圖送她當作生日禮物。

她小學一年級我就認識她，到現在我跟她互動已經八年，她總是充滿想像力與創意，讓我驚喜不已。

「粉紅小豬的家」是我們共同的夢，粉紅小豬的圖案是她畫的，我再請人做成招牌立在地上，放在我花蓮家的陽台上，這是我某一年的生日禮物。事實上，我的確曾分別養了二隻麝香小豬，但都不到幾天牠就逃走或被人偷走了。

我從Jennifer身上發現，有些小孩有這樣的氣質、天分，如果老師或父母不知道，會以為這小孩酷酷的、老不理人、脾氣大、成績平平。其實每個孩子都有自己的創意與想像，就看我們如何去欣賞、引導與鼓勵。

兩個原住民小孩

我最近準備出一個考題給她：畫兩個原住民小孩，阿美族和太魯閣族，並設計一個圖案。我沒有特定的目的，只是一種想像，一種心靈的飛舞。我的住家在壽豐鄉志學村，就是東華大學所在地，北邊有許多太魯閣族部落，南邊則是阿美族部落，當然在平地也有客家、閩南、外省鄉親，安逸地在後山為生活打拚。

圖案可能的用途，看著辦吧！可能是商標Logo，可能是圖騰，用於裝飾或壁畫，也可能是創意設計，就好像Hello Kitty 或是小叮噹。其實，我也沒有一個確定的想法。

粉紅小豬咖啡館

有一次，我從福隆開車走二丙省道接台北縣道一0六號，從石碇、深坑回台北。在離開雙溪鄉不遠的路邊，看到一間頗為雅緻的芝茵咖啡館，我非常欣賞它的設計。決定拍成相片寄給她看。可是，我把招牌和Logo換成粉紅小豬的家。

Jennifer果然上當了，我的設計和電腦合成功力大概不錯，粉紅小豬咖啡館有模有樣，她問道：「怎麼這麼神奇？為何有人想法與我相同？」我只好告訴她事實真相，這是我的創意、我的想像，想像有時候是無限可能的。

其實，我真正想說的是，從「另一個春天」到「粉紅小豬的家」，都是心靈飛舞的呈現，是對生命的熱情擁抱，也是對生活的真情禮讚。

●我的夢想之一，是在花蓮鄉下開一家粉紅小豬咖啡館，圖為路上拍到的芝茵咖啡館，我想像有一天也能開一家這樣的咖啡館。

●被我電腦合成過的咖啡館。

一輩子必須做的一件事

前陣子，網路票選世界七大奇景，玉山名列山岳類第一名。玉山可說是台灣的象徵，很多人相信，玉山是台灣人一生一定要去一次的地方，這是一個好現象。以前，我也認為應該舉辦類似「一輩子應該去爬一次玉山」的活動，或當作成年禮，或成為台灣人一生的光榮。

登頂玉山人數有其極限

然而，玉山一年只能容納五萬人次，登玉山的中間站只有排雲山莊，僅能住二百五十人，有人說，可另找有水源的地方或是紮營，以增加登山客的容量。但是，登山客通常天還沒亮就從排雲山莊出發，清晨抵達山頂，等日出、拍照，然後慢慢下山。山頂能容納的人數有限，與玉山石碑拍照還得排隊，如果一天二百五十人上去，將相當擁擠，再加上冬天會下雪，封山一到二個月，只有職業登山好手才能透過冰爪克服，種種客觀條件限制，使得爬玉山的門檻提高，因此每年五萬人次登頂玉山已是極限。

帶太太及三個孩子登玉山頂

其實，台灣仍有許多像玉山這樣的地方，一生之中必須去體驗一次，才不會遺憾終生。例如泳渡日月潭或騎腳踏車環台。除了這些，應該還有更多想像。

在我「九十九個一生必須做的事」其中之一是，我要帶太太及三個小孩一起登玉山頂，這個夢我已經做到了，那時我小兒子國二，現在他已經高三了，我很引以為傲。

我多次攀爬玉山，曾見過最感人的一幕是：有位八十二歲老先生，由全家兒孫帶他爬山頂，再下山，我的直覺是，這位老先生以前一定是個登山高手，可能爬過玉山，想再回顧過去。但一問才知道，他從來沒爬過高山，為了一圓爬玉山的夢，他充滿鬥志每天練體力，組了一大團兒孫

●二〇〇五年八月我完成帶太太及三個孩子一起登上玉山頂的夢，那時小兒子才國二，現在已高中畢業了。

團，至少二十至三十人共襄盛舉，令我非常感動。

走進玉山 編織美麗故事

我也常常看到日本、韓國人組團來爬玉山。放眼東亞，能與玉山相抗衡的，只有富士山，日本人的信念也是一輩子至少要爬過一次富士山。富士山是個光禿禿的山，約三千七百公尺，長年積雪，一年只有四個月沒有雪，通常是七、八月去爬，可以從四面八方爬上去，所以它的容量相當大，富士山山頂是個火山口，每一天可以在山頂看日出的人相當多。

在東南亞，馬來西亞沙巴的神山是四一０一公尺，比玉山還高，早期英國人就已經開發成國家公園，如果從登山口開始爬，到三千六百公尺處有個山莊，有水有電，能住兩百人。相較之下，不論神山或富士山的規劃都比玉山好。

無論如何，去接近玉山，每個人都會有個很美麗的故事。可惜，在台灣去接近玉山還未成為一個信念，還不具說服力，未能形成一股風潮。

●玉山登頂證明書——我登玉山頂大約三十次了，但是這張有國旗的登頂證明，彌足珍貴。

做一件顯現台灣人活力的事

我心想在台灣，應該不只有登玉山，應還有更多一輩子必須做的一件事。就像現在的腳踏車運動，可近性高，無形之中自行車環島已成另一項一輩子必須做的事，如果成為一種社會風氣，也能顯現出台灣人的活力。

我們的年輕人每天打電動、看無聊的電視、上網聊天交友，似乎應該有更多具想像力、創造力的活動。

透過一輩子必須做的事等活動，讓年輕人能看得更遠、放得更開、心靈飛的更高，讓生活更多元，更充滿活力。

增加心靈昇華的活動

我的九十九個一生中必須做的事，第一個就是在六十歲以前爬完百岳，第二個是每年

「活在台灣——66個夢想」這本書中，美食、旅行、探險和體驗，是作者推薦顯示台灣活力的方式，體驗獨木舟當然是66個夢想之一。攝於福隆雙溪龍門吊橋。

要完成一次太魯閣馬拉松（四十二點一九五公里）、參加東台灣三百公里腳踏車比賽、划獨木舟穿越清水斷崖外的太平洋海岸等，但這些夢隨著在衛生署繁忙的公務中逐漸遠去。

不過有時想想，也滿好玩，當初為什麼都是這些蠻牛式的夢想，應該有一些更具想像力、讓心靈昇華的活動才是。

在花蓮，每年都有太魯閣國家公園主辦的峽谷音樂節，他們邀請管絃樂團等在長春祠前立霧溪峽谷舉辦，我認為這也是每個人一輩子應該去參加的活動之一。通常音樂會都是在音樂廳、紀念堂、小巨蛋等演出，能在國家公園內、峽谷內聆聽，獨特性很夠，創意十足。

形成讓台灣向前向上的力量

我想應該還有許多活動，是在台灣一輩子必須做的事，例如：認養一個孤兒或經濟有困難的單親兒童、到海外當志工一個月、到山地偏遠小學義務服務等，人與人之間的影響與傳播方式已經愈來愈不一樣，不一定要花很多的錢，更重要的是心靈的感受、一種生活態度的改變，如果能夠透過活動觸及很多人的心，社會運動就能成功，也讓台灣有一些向前向上的力量。

●被神明保佑的大地——花蓮壽豐的農田。最遠方的山谷是木瓜溪谷，遠方的山脈是鼎鼎大名的黑色奇萊。

●孤獨的登山者——是我啦，我係國寶啦！攝於攀登能高南峰路上。

六十歲的百岳

我在慈濟大學教書時經常跟學生講：「年輕人要有活力、創意，就像旭日東昇；中年人要以事業與健康為重，就像日正當中；到了老年，應該顛覆夕陽無限好的觀念，仍舊要保有一些創意，追尋年輕時錯過的夢。」這就是為什麼我還有很多夢想要去追尋的原因。

六十歲前爬完百岳

有一本書的書名是《一生要做的九十九件事》，我也有一生想完成的九十九件事，對我來說，第一順位永遠是：要在六十歲之前爬完百岳。

攀登大山對一般人來說可能很難，但也有另外一群人，爬百岳一點也不困難。我很好奇台灣有多少人爬完百岳？最快多久可完成？我查了一下資料，目前最快完成登百岳紀錄的有兩個人，他們是周學鎮與李俊慶，只花了一百一十四天就完成，幾乎是每天不停地爬。他們只花了近四個月就完成我四十年來始終沒有完成的夢。

周學鎮綽號「老山猴」，四十年次，已經登完四次百岳；李俊慶是藥劑師，五十九年次，周學鎮帶著他爬，他第一次爬百岳，甚至申請留職停薪一年做準備，專心爬完百岳。

這很像林義傑跑馬拉松橫越撒哈拉沙漠的極限運動，或江秀真攀完世界七大峰一樣，屬於另一個極端，畢竟，對大部分人來說，爬百岳如登天般困難。

究竟全台灣有多少人已攀完百岳？根據中華民國山岳協會估計，有登記與沒登記的人約有五百位，我想應該還有一些人沒被估算到，總之，全台灣攀完百岳的應該不會超過一千人。

攀登台灣高山可說是充滿風險的運動，會遇到颱風、下雨、缺水、路滑、摔跤、結冰、斷崖、山崩或通訊不良等，不是那麼好玩，必須要有一些智慧、耐心與毅力才能完成。就算攀完百岳也沒什麼了不起，也不會有人去頒獎表揚，一切說來，就是自己的選擇。

●二〇〇七年我攀登卓社大山的路上，一路都是尖稜，三側都是懸崖峭壁。

人生沒有夢想不會美麗

為什麼我想做這件事？這只是一個很私人的，甚至可以說很愚蠢的夢，但是人生如果沒有夢想，就不會美麗。

登山時的自在與優閒，不是任何財富可以買得到，這是登山的真諦。登山不只是運動或休閒，而是要帶著夢想，去追尋生命的色彩。

到目前為止我已完成百岳的八十八座，剩下十二座。今年八月，我已經安排好要去爬奇萊東稜，需要七天，這樣又可以增加四座百岳的紀錄，離我的六十歲還有一年，剩下八座，我打算再分兩趟完成，其中一趟需十一天，另一趟要六天。

我最近一次爬高山，是在二００八年八月，那時我擔任總統府副祕書長，馬總統出訪邦交國家，我有一星期的假期，就去爬位於南橫的布拉克桑山，爬了五天。

二００七年我在花蓮教書，那年收穫最多，爬了兩次，總共五座山，能高安東縱走及干卓萬山塊等。

登山是我美麗人生的一部分

其實，生活跟登山一樣，不一定總是輕鬆或如意，有時候甚至很艱辛、痛苦。不

●二００七年登上能高安東軍山頂三角點，心情無比興奮，特別是有台灣啤酒相隨。

●相逢自是有緣，在白石池露營的傍晚，與水鹿邂逅。當晚大約有四、五十隻水鹿在帳篷外留連。

●看起來像卡通「小鹿斑比」的台灣水鹿，攝於白池石畔。

●這是我拍的嘉明湖一景，當我清晨從帳篷出來，映入眼簾的就是傳說中「天使的眼淚」。

●白石池是能高安東軍山縱走路上美麗的瑰寶，與太太在池前合影。

過，在山上能跟山友一起打氣、扶持，在青山綠水中醞釀智慧，向大自然祈求靈感與想像，這是為什麼我想登山，那是鬥志的來源。

我不可能整天都在爬山，對我來說，爬山能調節生活中的種種境遇，在六十歲前完成百岳這個夢想對某些人來說可能很簡單，但對我來說，it means everything，請你記得，登山是我美麗人生的一部分。

●布新營地的小鹿，從新角看來大約一歲左右，都是年輕小夥子，半夜不睡，跑來吃消夜！

壯遊台灣

之前我就想寫本書，叫做《六十歲的百岳》，因為臨時被徵召到衛生署，一路忙到現在，始終沒有時間去構想如何完成；後來我改為想寫：《壯遊台灣——一生中一定要去的十二個山岳與高山湖泊》。

爬百岳需要有些錢、有閒、有體力，對一般人來說太難了，如果要推廣山岳活動，應該要降低門檻，找比較簡單的景點，我在台灣高山度過山岳生活四十年，我很想去推廣一般人可以爬的山岳，讓大多數人也可以欣賞到台灣山岳與高山湖泊之美。

一生必訪的十二個山岳與高山湖泊

登山可以成為更精緻的旅程，百岳就像滿漢全席，我想推廣的是清粥小菜。百岳如果像曠世文學巨作，我想推廣的是優雅小品。因此，我列出心目中「一生必訪的十二個台灣山岳與湖泊」：

1. 玉山主峰北峰
2. 雪山及翠地
3. 嘉明湖
4. 白石池
5. 大小霸尖山
6. 南湖圈谷
7. 七彩湖
8. 秀姑坪及大水窟草原
9. 南橫三星
10. 北大武山
11. 奇萊主北峰
12. 南華山及奇萊南峰

至於如何推廣，就等我六十歲以後再說吧！

編輯後記

另一種視野

葉雅馨（大家健康雜誌總編輯）

「日子難過，別讓心也難過」是葉署長針對失業者的心理議題入鏡拍攝的公益廣告片，五月中旬發表會後，他順手給了我一篇文章「轉動關懷，轉動愛」。我有些驚訝在這麼快與忙碌的工作步調下，他還持續寫文章。他說：「當然」，同時把另幾篇已由署裡上傳到網站的文章也一一給我，共十篇。也約略在那時，我們討論醞釀了出書的構想。

隨著出席WHA日子的接近、新流感疫情的劍拔弩張，他寫文章的速度愈來愈快，似乎是透過寫文章，與自己對話的方式來沈澱、釐清與思考。在多事繁忙的署裡，說沒有壓力也太過逞強了些，我想，就某個程度而言，寫文章成了他很好的紓壓方式。在他的字裡行間裡有想像、回味、陳述、表白，還看到夢想與欣喜的築夢過程。

文章裡描述到與署內同仁互動的情境，讓我不禁想起他在董氏基金會擔任執行長前後六年的日子（其中兩年借調為台北市衛生局長）。他對我們的工作，要求嚴酷，也會由衷的欣賞，更不忘找閒暇讓我們輕鬆自在；他常讓我們學習思考：究竟要達成什麼目標，或是該回歸到自己原始的目的與想法？他說：「只要方向正確，慢一點還是會到，去做就對了。」他總是和我們一同歡笑與驚喜，一起經歷企劃發想的瓶頸及辦活動時不可預測的紛擾……。看來他依然是我們熟悉的葉金川。

「視野」為本書書名，除了是形容作者看事與思考的寬廣角度，也意味著一種期許與祝福，希冀台灣這片土地上的每個人都有更好的視野，放眼天下。國父孫文曾說：政治是管理眾人之事，而我們在社會上、生活上所發生與經歷的事，和大部分人皆息息相關；如何能置之度外或適當設身其中有所為，永遠是個考驗吧！同時，對普羅讀者而言，許多時候我們對人、事、物的看待或判斷，常不自覺地陷入框架，依循著過往的經驗、習慣、模糊的被許多限制制約而刻板看待。於是，我們會認為外科醫師除了很優秀外，是風流的、可豪飲的、企圖心強的；內科醫師則是內斂、不多語、穩重的；政治人物說的話多為作秀，別太認真看待……。或許這本書也可以是突破窠臼的示範。

本書的編輯與出版皆在很短的時間內完成，書中所有內容分歸為四輯，在編輯過程中保留了許多作者原始初衷。每篇文章的題目，皆原汁原味呈現，書中可看到葉金川的堅持、決策與全心全意，很葉金川風貌；我要說的是這本書滿載葉金川豐富的情感，時而義憤填膺、時而苦中作樂，時而又縱情山林，當然也能看到他心中那美麗的呼喚。

而無論你本來對葉金川的認識是什麼，在閱讀時何妨脫開那不經意的框架，懷抱另一種視野，那麼在這本書中或許你將遇見一個不一樣或令你莞爾的葉金川。

董氏基金會出版品介紹

閱讀心靈系列

憂鬱症一定會好

定價／220元　作者／稅所弘　譯者／林顯宗

憂鬱症是未來社會很普遍的心理疾病，但國人對此疾病的認知有限，因此常常錯過或誤解治療的效果。其實只要接受適當治療，憂鬱症可完全治癒。本書作者根據身心合一的理論，提出四大克服憂鬱症的方式。透過本書的介紹、說明，「憂鬱症會不會好」將不再是疑問！

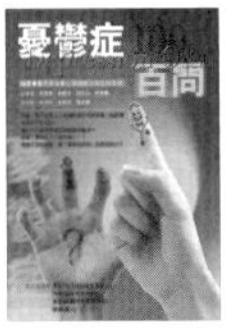

憂鬱症百問

定價／180元　作者／董氏基金會心理健康促進諮詢委員
（胡維恆、黃國彥、林顯宗、游文治、林家興、張本聖、林亮吟、吳佑佑、詹佳真）

憂鬱症與愛滋、癌症並列為廿一世紀三大疾病，許多人卻對它懷有恐懼、甚至感覺陌生，心中有很多疑問，不知道怎麼找答案。《憂鬱症百問》中蒐集了一百題憂鬱症的相關問題，由董氏基金會心理健康促進諮詢委員審核回答。書中提供的豐富資訊，將幫助每個對憂鬱情緒或憂鬱症有困擾的人，徹底解開心結，坦然看待憂鬱症！

放輕鬆

定價／230元　策劃／詹佳真　協同策劃／林家興

忙碌緊張的生活型態下，現代人往往都忘了放輕鬆的真正感覺，也不知道在重重壓力下，怎麼讓自己達到放鬆的境界。《放輕鬆》有聲書提供文字及有音樂背景引導之CD，介紹腹式呼吸、漸進式放鬆及想像式放鬆等放鬆方法，每個人每天只要花一點點時間練習，就可以坦然處理壓力反應、體會真正的放鬆！

不再憂鬱─從改變想法開始

定價／250元　作者／大野裕　譯者／林顯宗

被憂鬱纏繞時，是否只看見無色彩的世界？做不了任何事，覺得沒有存在的價值？讓自己不再憂鬱，找回活力生活，是可以選擇的！本書詳載如何以行動來改變觀點與思考，使見解符合客觀事實，不被憂鬱影響。努力自我實踐就會了解，改變─原來並不困難！

少女翠兒的憂鬱之旅

定價／300　作者／Tracy Thompson　譯者／周昌葉

「它不是一個精神病患的自傳，而是我活過來的歲月記錄。」誠如作者翠西湯普森（本書稱為翠兒）所言，她是一位罹患憂鬱症的華盛頓郵報記者，以一個媒體人的客觀觀點，重新定位這個疾病與經歷─「經過這些歲月的今天，我覺得『猛獸』和我，或許已是人生中的夥伴」。文中，鮮活地描述她如何面對愛情、家庭、家中的孩子、失戀及這當中如影隨形的憂鬱症。

征服心中的野獸─我與憂鬱症

定價／250元　作者／Cait Irwin　譯者／李開敏　協同翻譯／李自強

本書作者凱特．愛爾溫13歲時開始和憂鬱症糾纏，甚至到無法招架和考慮自殺的地步。幸好她把自己的狀況告訴母親，並住進醫院。之後凱特開始用充滿創意的圖文日記，準確地記述她的憂鬱症病史，她分享了：如何開始和憂鬱症作戰，住院、尋求治療、找到合適的藥，終於爬出死蔭幽谷，找回健康。對仍在憂鬱症裡沉浮不定的朋友，這本充滿能量的書，分享了一個的重要訊息：痛苦終有出口！

閱讀心靈系列

說是憂鬱，太輕鬆

定價／200元　作者／蔡香蘋　心理分析／林家興

憂鬱症，將個體生理、心理、靈性全牽扯在內的疾病，背叛人類趨生避死、離苦求樂的本能。患者總是問：為什麼是我？陪伴者也問：我該怎麼幫助他？本書描述八個憂鬱症康復者的生命經驗，加上完整深刻的心理分析，閱讀中就隨之經歷種種憂鬱的掙扎、失去與獲得。聆聽每個康復者迴盪在心靈深處的聲音，漸漸解開心裡的迷惑。

幸福的模樣—農村志工服務＆侍親故事

定價／200元　策劃／葉金川　編著／董氏基金會

有一群人，在冷漠疏離的社會，在農村燃燒熱情專業地服務鄉親，建立「新互助時代」，有一群人，在「養兒防老」即將變成神話的現代，在農村無怨無悔地侍奉公婆、父母，張羅大家庭細瑣的生活，可曾想過「幸福」是什麼？在這一群人的身上，你可以輕易見到幸福的模樣。

陽光心配方—憂鬱情緒紓解教案教本

工本費／150元　策劃／葉金川　編著／董氏基金會

國內第一本針對憂鬱情緒與憂鬱症推出的教案教本。教本設計的課程以三節課為教學基本單位，課程設計方式以認知活動教學、個案教學、小團體帶領為主要導向，這些教案的執行可以讓青少年瞭解憂鬱情緒對身心的影響，進而關心自己家人與朋友的心理健康，學習懂得適時的覺察與調整自己的情緒，培養紓解壓力的能力。

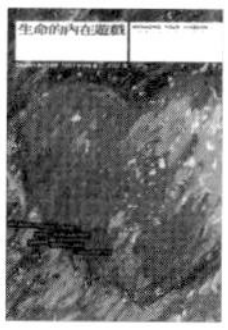

生命的內在遊戲

定價／220元　作者／Gillian Butler ; Tony Hope　譯者／俞筱鈞

情緒低潮是生活不快樂和降低工作效率的主因。本書使用淺顯的文字，以具體的步驟，提供各種心理與生活問題解決的建議。告訴你如何透過心靈管理，處理壞情緒，發展想要的各種關係，自在地過你想過的生活。

傾聽身體的聲音—放輕鬆 (VCD)

定價／320元　策劃／劉美珠　協同策劃／林大豐

人際關係的複雜與日增的壓力，很容易造成我們身體的疼痛及身心失調。本書引導我們回到身體的根本，以身體動作的探索為手段，進行身與心的對話，學習放鬆和加強身心的適應能力。隨著身體的感動與節奏，自在地展現。你會發現，原來可以在身體的一張一弛中，得到靜心與放鬆！放鬆，沒那麼難。

年輕有夢—七年級築夢家

定價／220元　編著／董氏基金會

誰說「七年級生」挫折忍耐度低、沒有夢想、是找不到未來的一群人？到柬埔寨辦一本中文雜誌、成為創意幸福設計師、近乎全聾卻一心想當護士……正是一群「七年級生」的夢想。《年輕有夢》傳達一些青少年的聲音，讓更多年輕朋友們再一次思考未來，激發對生命熱愛的態度。讀者可以從本書重新感受年輕的活力，夢想的多元性！

閱讀心靈系列

解憂—憂鬱症百問2

定價／160元　編著／董氏基金會心理健康促進諮詢委員（胡維恆、黃國彥、游文治、林家興、張本聖、李開敏、李昱、徐西森、吳佑佑、葉雅馨、董旭英、詹佳真）

關於憂鬱症，是一知半解？一無所知？還是一堆疑問？《解憂》蒐集了三年來讀者對《憂鬱症百問》的意見、網路的提問及臨床常見問題，可做為一般民眾認識憂鬱症的參考書籍，進而幫助病人或其親人早日恢復笑容。

我們—畫說生命故事四格漫畫選集

定價／180元　編著／董氏基金會

本書集結很多人用各式各樣的四格漫畫，開朗地畫出對自殺、自殺防治這種以往傳統社會很忌諱的看法。每篇作品都表現了不一樣的創意。在《我們》裡，可以發現到「自己」，也看到生命的無限可能。

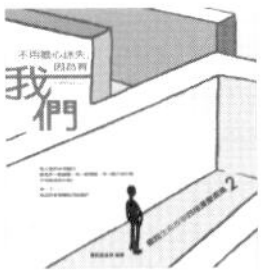

我們—畫說生命故事四格漫畫選集Ⅱ

定價／180元　編著／董氏基金會

在人生的十字路口，難免有一點徬徨、有一點懷疑、有一點不知所措，不知道追求什麼？想一下，你或許會發現自己的美好！本書蒐集各式各樣四格漫畫作品，分別以不同的觀點和筆觸表現，表達如何增強自我價值與熱情生活的活力。讀者可透過有趣的漫畫創作形式，學習如何尊重與珍惜生命，而這些作品所傳達出的生命力和樂觀態度，將使讀者們被深深感動。

陪他走過—憂鬱青少年與陪伴者的互動故事

定價／200元　編著／董氏基金會心理健康促進諮詢委員

憂鬱症，讓青少年失去青春期該有的活潑氣息，哀傷、不快樂、易怒的情緒取代了臉上的笑容，他們身旁的家人、師長、同學總是問：他怎麼了？而我該怎麼陪伴、幫助他？《陪他走過》本書描述十個憂鬱青少年與陪伴者的互動故事，文中鮮活的描述主角與家長、老師共同努力掙脫憂鬱症的經歷，文末並提供懇切與專業的解析與建議。透過閱讀，走入憂鬱症患者與陪伴者的心境，將了解陪伴不再是難事。

校園天晴—憂鬱症百問3

定價／200元　編著／董氏基金會心理健康促進諮詢委員

書中除了蒐集網友對憂鬱症的症狀、治療及康復過程中可能遇到的狀況與疑慮之外，特別收錄網路上青少年及大學生最常遇到引發憂鬱情緒的困擾與問題，透過專業人員的解答，提供讀者找到面對困境與挫折的因應方法，也從中了解憂鬱青、少年的樣貌，從旁協助他們走出憂鬱的天空。

憂鬱和信仰

定價／200元　編著／董氏基金會心理健康促進諮詢委員

本書一開始的導論，讓你了解憂鬱、宗教信仰與精神醫療的關聯，並收錄六個憂鬱症康復者從生病、就醫治療與尋求宗教信仰協助，繼而找到對人生新的體悟，與心的方向的心路歷程。加上專業的探討與分享、精神科醫師與宗教團體代表的對話，告訴你，如何結合宗教信仰與精神醫療和憂鬱共處。

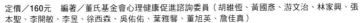

董氏基金會出版品介紹

閱讀心靈系列

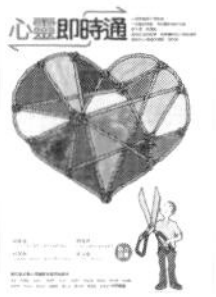

心靈即時通

定價／200元　編著／董氏基金會心理健康促進諮詢委員

書中內容包括憂鬱症症狀與治療方法的介紹、提供多元的情緒紓解技巧，以及分享如何陪伴孩子或他人走過情緒低潮。各篇文章篇幅簡短，多先以案例呈現民眾一般會遇到的心理困擾或困境，再提供具體建議分析。讓讀者能更深入認識憂鬱症，從中獲知保持心理健康的相關資訊。

保健生活系列

與糖尿病溝通

定價／160元　策劃／葉金川　編著／董氏基金會

為關懷糖尿病患者及家屬，董氏基金會集結《大家健康》雜誌相關糖尿病的報導，並加入醫藥科技的最新發展，以及實用的糖尿病問題諮詢解答，透過專業醫師、營養師等專家精彩的文章解析，提供大眾預防糖尿病及患者與糖尿病相處的智慧；適合想要認識糖尿病、了解糖尿病，以及本身是糖尿病患者，或是親友閱讀！

做個骨氣十足的女人—骨質疏鬆全防治

定價／220元　策劃／葉金川　編著／董氏基金會

作者群含括國內各大醫院的醫師，以其對骨質疏鬆症豐富的臨床經驗與醫學研究，期望透過此書的出版，民眾對骨質疏鬆症具有更深入的認識，並將預防的觀念推廣至社會大眾。

做個骨氣十足的女人—灌鈣健身房

定價／140元　策劃／葉金川　作者／劉復康

依患者體適能狀況及預測骨折傾向量身訂做，根據患者骨質密度及危險因子分成三個類別，訂出運動類型、運動方式、運動強度頻率及每次運動時間，動作步驟有專人示範，易學易懂。

做個骨氣十足的女人—營養師的鈣念廚房

定價／250元　策劃／葉金川　作者／鄭金寶

詳載各道菜餚的烹飪步驟及所需準備的各式食材，並在文中註名此道菜的含鈣量及其他營養價值。讀者可依口味自行安排餐點，讓您吃得健康的同時，又可享受到美味。

氣喘患者的守護—11位專家與你共同抵禦

定價／260元　策劃／葉金川　審閱／江伯倫

氣喘是可以預防與良好控制的疾病，關鍵在於我們對氣喘的認識多寡，以及日常生活細節的注意與實踐。本書從認識氣喘開始，介紹氣喘的病因、藥物治療與病患的照顧方式，為何老是復發？面臨季節轉換、運動、感染疾病時應有的預防觀念，進一步教導讀者自我照顧與居家、工作的防護原則，強壯呼吸道機能的體能鍛鍊；最後以問答的方式，重整氣喘的各項相關知識，提供氣喘患者具體可行的保健方式。

董氏基金會出版品介紹

保健生活系列

男人的定時炸彈—前列腺

定價／220元　策劃／葉金川　作者／蒲永孝

前列腺是男性獨有的神祕器官，之所以被稱為「男人的定時炸彈」，是因為它平常潛伏在骨盆腔深處。年輕時，一般人感覺不到它的存在；但是年老時，又造成相當比例的男性朋友很大的困擾，甚至因前列腺癌，而奪走其寶貴的生命。本書從病患的角度，具體解釋前列腺發炎、前列腺肥大及前列腺癌的症狀與檢測方式，各項疾病的治療方式、藥物使用及副作用的產生，採圖文並茂的編排，讓讀者能一目了然。

當更年期遇上青春期

定價／280元　編著／大家健康雜誌　總編輯／葉雅馨

更年期與青春期，有著相對不同的生理變化，兩個世代處於一個屋簷下，不免迸出火花，妳或許會氣孩子不懂妳的心，可是想化解親子代溝，差異卻一直存在……想成為孩子的大朋友？讓孩子聽媽媽的話？想解決更年期惱人身心問題？自在享受更年期，本書告訴妳答案！

公共衛生系列

壯志與堅持—許子秋與台灣公共衛生

定價／220元　策劃／葉金川　作者／林靜靜

許子秋，曾任衛生署署長，有人說，他是醫藥衛生界中唯一有資格在死後覆蓋國旗的人。本書詳述他如何為台灣公共衛生界拓荒。

公益的軌跡

定價／260元　策劃／葉金川　作者／張慧中、劉敬姮

記錄董氏基金會創辦人嚴道自大陸到香港、巴西，輾轉來到台灣的歷程，很少人能夠像他有這樣的機會，擁有如此豐富的人生閱歷。他的故事，是一部真正有色彩、有內涵的美麗人生，從平凡之中看見大道理，從一點一滴之中，看見一個把握原則、堅持到底、熱愛生命、關懷社會，真正是「一路走來，始終如一」的勇者。

菸草戰爭

定價／250元　策劃／葉金川　作者／林妏純、詹建富

這本書描述台灣菸害防制工作的歷程，並記錄這項工作所有無名英雄的成就，從中美菸酒談判、菸害防制法的通過、菸品健康捐的開徵等。定名「菸草戰爭」，「戰爭」一詞主要是形容在菸害防制過程中的激烈與堅持，雖然戰爭是殘酷的，卻也是不得已的手段，而與其說這是反菸團體與菸商的對決、或是吸菸者心中存在戒菸與否的猶豫掙扎，不如說這本書的戰爭指的是人類面對疾病與健康的選擇。

董氏基金會出版品介紹

公共衛生系列

全民健保傳奇II

定價／250元　作者／葉金川

健保從「爹爹（執政的民進黨）不疼，娘親（建立健保的國民黨）不愛，哥哥（衛生署）姐姐（健保局）沒辦法」的艱困坎坷中開始，在許多人努力建構後，它著實照顧了大多數的人。此時健保正面臨轉型，你又是如何看待健保的？「全民健保傳奇II」介紹全民健保的全貌與精神，健保局首任總經理葉金川，以一個關心全民健保未來的角度著眼，從制度的孕育、初生、發展、成長，以及未來等階段，娓娓道出，引導我們再次更深層地思考，共同決定如何讓它繼續經營。

那一年，我們是醫學生

定價／250元　策劃／葉金川

醫師脫下白袍後，還可以做什麼？這是介紹醫師生活與社會互動的書籍，從醫學生活化、人文關懷的角度出發。由董氏基金會葉金川執行長策畫，以其大學時期(台大醫學系)的十一位同學為對象，除了醫師，他們也扮演其他角色，如賽車手、鋼琴家、作家、畫家等，內容涵蓋當年趣事、共同回憶、專業與非專業間的生活、對自己最滿意的成就及夢想等。

醫師的異想世界

定價／280元　策劃／葉金川　總編輯／葉雅馨

除了看診、學術……懸壺濟世的醫師們，是否有著不同面貌？《醫師的異想世界》一書訪問十位勇敢築夢，保有赤子之心的醫師（包括沈富雄、侯文詠、羅大佑、葉金川、陳永興等），由其暢談自我的異想，及如何追求、實現異想的心路歷程。

陽光，在這一班

定價／250元　策劃／葉金川　總編輯／葉雅馨

這一班的同學，無論身處哪一個職位，是衛生署署長、是政治領袖、是哪個學院或醫院的院長、主任、教授……碰到面，每個人還是直呼其名，從沒有誰高誰一等的優勢。總在榮耀共享、煩憂分擔的同班情誼中。他們專業外的體悟與生活哲學，將勾起你一段懷念的校園往事！

ㄏㄨㄚˋ心情繪本系列

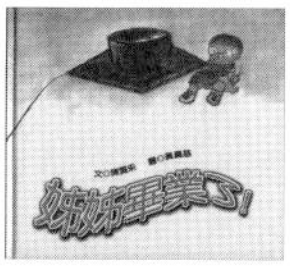

姊姊畢業了

定價／250元　文／陳質采　圖／黃嘉慈

「姊姊畢業了」是首本以台灣兒童生活事件為主軸發展描寫的繪本，描述姊姊畢業，一向跟著上學的弟弟悵然若失、面臨分離與失落的心情故事，期盼本書能讓孩子從閱讀中體會所謂焦慮與失落的情緒，也藉以陪伴孩子渡過低潮。

視野

作者／葉金川

總編輯／葉雅馨
執行編輯／楊育浩、蔡睿縈
校對／呂素美
美術設計／呂德芬

出版發行／財團法人董氏基金會《大家健康》雜誌
發行人暨董事長／謝孟雄
執行長／姚思遠
地址／台北市復興北路57號12樓之3
電話／02-27766133#252　傳真／02-27522455
網址／www.jtf.org.tw/health
郵政劃撥／07777755　戶名／財團法人董氏基金會

總經銷／吳氏圖書股份有限公司
電話／02-32340036
傳真／02-32340037

法律顧問／眾勤法律事務所

出版日期／2009年8月
定價／新台幣300元

國家圖書館出版品預行編目資料

視野／葉金川著.
--初版.--臺北市：
董氏基金會《大家健康》雜誌2009.08
面：　公分
ISBN 978-986-85449-0-1（平裝）
855　98011898

KLIM
座談
創造